シレンとラギ

装幀　鳥井和昌

目次

シレンとラギ

◉登場人物

ラギ
シレン

〈南の王国、通称教団〉
ゴダイ
ダイナン
モンレイ
シンデン

ショウニン
コシカケ
セモタレ
マシキ

ヒトイヌオ

〈北の王国、通称幕府〉
キョウゴク
ギセン
ミサギ
モロナオ

トウコ
ギチョク
アカマ
ヨリコ
モロヤス
ヤマナ
トキ

―第一幕―　未練と裸戯

【第一景】

その頃、その国には二つの王朝があった。

北の王国と南の王国だ。

ここは北の王国。通称幕府。

その王宮の大広間で、先代の王、ソンシ将軍の十三回忌が催されている。

十三回忌とは言え実際の所は今の王、ギセンの権勢を誇る宴だ。大勢が集まり、すでに飲み食いが始まっている。

実質、幕府を運営している執権のモロナオとその妻ヨリコ、モロナオの弟のモロヤス、その家臣たちがいる。

彼らに対抗する勢力はソンシの弟のギチョクだが、こちらは少数。ヤマナと共に部屋の隅で妬みに目を光らせている。

警備に当たっているのは侍所《さむらいどころ》の面々。武装している侍が要所要所を固めている。SPのようなものだ。中心で動いているのが若いラギだ。侍所を統括しているキョウゴク管領の息子である。

トキやアカマなどの同僚と配置確認などしているところに、キョウゴク管領が入ってくる。

キョウゴク　ラギ。
ラギ　父上。
キョウゴク　ここでは親子ではない。俺はお前の上司だ。父上はやめろ。
ラギ　すみません。
キョウゴク　どうだ、様子は。
ラギ　大変ですよ、天下の大執権モロナオ様が宮廷の役人達を大半入れ替えてしまって、もう見慣れない顔ばかり。警備する身にもなってほしい。
キョウゴク　ぼやくなぼやくな。今の幕府は、事実上執権のモロナオ様が取り仕切ってるようなものだからな。わがままにはつきあってやれ。
ラギ　仕方ない。モロナオ様に唯一対抗出来るお方が、そんな弱腰ですからね。

他の貴族たちが挨拶に来るので、機嫌のいいモロナオたち。

貴族1　いやあ、今の王国があるのは、モロナオ様のお力あってこそ。
モロナオ　当然ですな。当たり前すぎて面白くもなんともない。
ヨリコ　あなた、そんな言い方しなくても。わざわざわかっていることを言うのも挨拶ですよ。
モロヤス　(酒を飲みすでに酔っている) ん?　兄者だけがこの幕府を支えているとでも?
貴族1　あ、もちろん、弟君のモロヤス様のお力添えも充分に。とにかく、この御三方が揃えば、北の王国の繁栄は盤石ですな。

モロナオ　うむ。貴公の顔覚えておこう。
貴族1　これはこれは。有りがたき御言葉。我が名は…。
モロナオ　名前はいい。顔を覚えると言うたではないか。貴公の耳は飾りかな。
貴族1　あ、これは失礼を。ではまた、いずれ。

貴族1、頭を下げてモロナオの前を辞す。

ラギ　この世に怖いものはないって感じですよね。
キョウゴク　ラギ、口を慎め。トキ、アカマ、かまうことはない。厳しく指導してやってくれ。
アカマ　おまかせください。
トキ　お館様が思っているよりも遥かに成長していますよ、ラギ様は。
ラギ　ほんとにくるんですか。南からの暗殺者って。
キョウゴク　南の王国に忍ばせている密偵からの連絡だ。用心に越したことはない。来なければそれでいいではないか。

と、官吏が国王の到来を告げる。

官吏　国王ギセン様。王大后トウコ様。お出ましになります。

ギセンとトウコが現れる。

トウコ　みなさん。我が夫、先の国王ソンシ将軍の十三回忌によく集まっていただきました。ここに集まった方々は、みんなソンシ様とともにこの北の王国を支えられた方ばかり。これからは、ソンシ様の血を引くこのギセン王を支えて、我ら北の王国の繁栄を永遠に誓いましょうぞ！

一同、拍手。

トウコ　では、ここでギセン王より一言。
ギセン　お。
トウコ　一言。
ギセン　なに、かあちゃん？
トウコ　（頭を張り）かあちゃんじゃない！　お母上でしょ。
ギセン　おお、上、上。…下は？　（とトウコの下を覗く）
トウコ　下にはない。何もない。上下《うえした》は関係ない。お母上。いいから、挨拶。練習したでしょ。
ギセン　お、おう。（緊張して思わず寝る）
トウコ　寝ない！
ギセン　お、おう。（起きる。言おうとする。と、飛んでいる虫が気になる。ジッと目で追い素

トウコ　早く摑む）
ギセン　とらない！
トウコ　へへへ。（自慢げに手の中の虫を見せる）
ギセン　見せない！
トウコ　（手を開いたので逃げていく虫を再び摑むと今度は食べる）うん。（美味いのかうなずく）
ギセン　食べない！
トウコ　ふひーん。（怒られて泣く）
　　　　泣かない！　まったくもー。

一同、王のふるまいに困った風。
と、モロナオが拍手をする。

モロナオ　いや、素晴らしい素晴らしい。この公《おおやけ》の場で、それだけ自由に振舞われる。まさに大王の器。
モロヤス　大きい！
ギセン　お、おおー。（と嬉しい）
モロナオ　王は自由に振る舞われよ。このモロナオが身命を賭してお支え申す。この北の王国のことは万事このモロナオと。

ヨリコ　その妻、ヨリコ。
モロヤス　そしてこのモロヤスに。
三人　お任せ下され。

と、宴席の一同「おおー」という歓声。

トウコ　モロヤス殿。あなたのお力は認めるが、この国の王はギセン様。それを忘れるでないぞ。
モロヤス　（舌打ちする）ババアが。
ヨリコ　モロヤス様。（とたしなめる）

その様子を見て呆れるラギ。

ラギ　やれやれ。

その時、給仕係が銀のドームカバーをかぶせた料理を持ってギセンの方に行くのを見るラギ。すっと彼の横に行く。

ラギ　やあ、宴会ってお腹すくねえ。
給仕係　……。

ラギ　その蓋の中に入ってるのは何の料理？　味見させてもらってもいい？

と、給仕係、カバーをとると、そこに短剣。それを摑んでラギに打ちかかる。取り押さえるラギ。キョウゴクはギセンのそばに寄って彼を守ろうとする。給仕係を叩きのめして取り押さえるラギ。

ラギ　おとなしくしろ。
アカマ　よく気がつかれましたな。（と、給仕を縄で縛る）
ラギ　通った時に料理の匂いがしなかったから。
トキ　さすがはラギ様だ。（キョウゴクに）いかがいたします。
キョウゴク　侍所の屋敷で、取り調べる。連れて行け。

ホッとする侍所の面々。
一同が油断したその時、遠くにいた衛兵が、吹き矢を構える。狙うは玉座。

トキ　しまった、囮か！

と、間にいた女性給仕の一人が盆を上げる。その盆に吹き矢が刺さる。驚く衛兵。女性給仕、その吹き矢を抜いて、衛兵に投げ返す。衛兵、倒れる。一同、騒然。トウコは必死にギセンを守る。ギセンは食事するのに一生懸命。

キョウゴク　お静まりなされい、皆さま。賊は一掃しました。
モロナオ　おう、静まれ静まれ！

という声で静まる一同。
ラギ、取り押さえた給仕係を仲間の侍に渡し、倒れている衛兵を見る。死んでいる。

アカマ　だめだ、もう死んでる。
ラギ　まあいい。一人は捕らえた。
女性給仕　駄目よ、早く猿ぐつわを。

と、捕まえていた給仕係も倒れる。口から血を流す。

トキ　自害だと。
女性給仕　奥歯に毒薬入りの丸薬を詰めておいたのね。触っちゃ駄目。

と、給仕が流した血を触ろうとしているラギを止める。

女性給仕　マダラヘビの毒よ。その血にも含まれてるから、触って身体に入ろうものなら、あなたも即死よ。手袋をして布で拭いて、あとはその手袋と布も焼却して。

戸惑うアカマやトキ。

キョウゴク　かまわん。彼女の言う通りにしろ。
アカマ　は。(うなずき布を取りに行く)

ジッと女性給仕を見つめているラギ。

ラギ　…シレンさんですね。
女性給仕　え。
ラギ　やっぱりそうだ。あの、伝説の。
シレン　その、伝説はやめてくれる。

女性給仕、変装をしたシレンであった。

ラギ　ああ、俺はラギです。ずっとお会いしたかった。よく戻ってきてくれました。

と、シレンの手を握るラギ。

シレン　…ちょっと。（と、戸惑う）

キョウゴク　ラギ、彼女をそう困らせるな。

と、それまで様子を見ていたギチョクが声を上げる。

ギチョク　これはどういうことかな、執権殿。今、ギセン王を狙ったのは、全部そなたが手配した者たちではないか。

ヤマナ　まさしく！　先の王の弟にして今の王の叔父であるギチョク様が、このような不手際、見過ごせると思ったか。

モロヤス　（舌打ちし小声で）うっせえ、じじいどもが。

ギチョク　さあ、この責任、どうとられる。

ヤマナ　さあさあ！

モロナオ　むむむ。

モロヤス　ちょっと絞め殺してくるか。

ヨリコ　やめなさいって。

キョウゴク　お待ち下さい、ギチョク様。

と、割ってはいるキョウゴク。

キョウゴク　我ら侍所は、執権モロナオ様の命で警備についております。
ギチョク　むむ。
キョウゴク　いくら南の教団が王の命を狙おうと、無駄なあがき。彼らが刺客を送ろうとて、ギセン様の身には傷一つつかないということは、これで思い知ったでしょう。それも全てモロナオ様の計らい。
モロナオ　おお、そういうことだ。このモロナオに落ち度などない。わかったかな、ギチョク殿。
ギチョク　ぬぬぬ。
モロナオ　(トウコに) これからもこのモロナオにお任せいただければ、北の王国は大船にのったようなもの。ご安心めされい、王太后。
トウコ　頼みますよ、モロナオ。

が、そんな騒ぎの中、食うだけ食ったギセンは大いびきで寝ている。

モロナオ　おお、さすがは我が王。大物だ。
ヨリコ　ほんとうに。

と、モロナオ、ヨリコ、モロヤス、大笑いする。

ギチョク　むむむ。いくぞ、ヤマナ。
ヤマナ　は。

ギチョク一派面白くなさそうに退席する。

トウコ　起きなさい。いくわよ、ギセン。

と、ギセンを連れて去るトウコ。

モロナオ　（キョウゴクに）貸しを作ったなどと思うなよ。
キョウゴク　とんでもない。真実を言ったまで。
モロナオ　（シレンを見て）おぬしがシレンか…。ま、よろしく頼む。

と、モロナオ一派も去る。宴の終了だ。人々は片付け始める。

シレン　……相変わらずですね。この幕府も。
キョウゴク　まあな。ラギ、お前も来い。
ラギ　はい。

キョウゴク、シレンとラギを連れて立ち去る。

×　×　×

王宮。別室。

キョウゴク、シレンにラギを紹介する。

キョウゴク　改めて紹介しよう。息子のラギだ。侍所の守護頭《しゅごのかみ》をやっている。
シレン　そう。若いのに優秀ね。
ラギ　あの、実は10年前に一度お見かけしたことが。
シレン　え。
ラギ　父の所に報告に来た時に、たまたま。
シレン　そうだったの。
ラギ　…はい。伝説の暗殺者と言うからどんな怖い人が来るかと思ったら、とても美しい人で。
シレン　美しい？　私が？
ラギ　ええ。その時からずっと憧れだったんです。
シレン　…ありがとう、と言っておくわ。
ラギ　…俺、何かまずいことを言いましたか。
シレン　しょせんは暗殺者よ。
ラギ　しょせんだなんて。あなたがいなかったら、今の北の王国はない。
シレン　そんな大げさな。

ラギ　あなたがゴダイを暗殺したから、南の王国の勢いが衰えたんです。20年前のあなたの仕事は、素晴らしいものだと思っています。
シレン　…私の仕事が？　そんな立派なものじゃない。
ラギ　どうして。南の教団の独裁者、ゴダイ教祖を倒したんです。彼が消えたから、南の勢いは衰え、ギセン王のようなお方を擁している我々北の王国が繁栄を誇っていられる。
キョウゴク　ラギ、言葉が過ぎるぞ。
ラギ　あ、ああ、すみません。
キョウゴク　…お前がそんなに暗殺部隊に興味を持っていたとはな。俺も知らなかったよ。
ラギ　ええ、まあ。
キョウゴク　どうだ、シレン。10年ぶりの都は。

シレン、女給の服を着替えながらの会話。

シレン　人は、昔より腐ったようですね。
キョウゴク　相変わらず手厳しいな。だが、チクシジマの仕事も見事だったな。クマソ、ヒゴ、オオスミ。南につきそうな豪族達をあらかた仕留めてくれた。これで南の教団の連中は、チクシジマに逃げることができなくなった。
シレン　ありがとうございます。足かけ20年かかりましたが。
ラギ　しかし、ゴダイ暗殺という大きな仕事をこなした身。都に戻っていれば出世は思いのままだったでしょうに。

シレン　そんなこと無理に決まってるでしょう。

女給服を脱ぐと下は動きやすい忍び装束のような姿。腕や脚は大胆に露出している。

ラギ、その姿がまぶしい。

シレン　ゴダイが暗殺されたと知っているのは、北の王国のキョウゴク様と、モロナオ様ほか、ほんのわずかの人間。南の人間はみんな病死だと思ってる。でなきゃあ、私が時間をかけて毒を使った意味がない。

キョウゴク　武力で一気に人を消しても、あとで反動が起こるだけだ。その点、寿命と思えばあきらめもつく。手間はかかるが、彼女のように自然死に見せかけた毒殺のほうが。結局あとの面倒は少ない。

シレン　そう言っていただければ、助かります。キョウゴク様がいるから私も仕事が続けられる。

ラギの視線は無視して、上に打ち掛けのようなロングコートのような上物を羽織るシレン。

シレン　で、その私をわざわざ呼び戻すとは、何が起こってるんですか。

キョウゴク　ゴダイが生きていた。

シレン　…まさか。
ラギ　そんな。ゴダイは死んだはずだ。でなければ、何で、あのあと南の王国の勢いが衰えたんですか。
キョウゴク　その通りだ。だから俺達も不思議なんだ。
シレン　…私は，確かに、ゴダイを。ええ、それは間違いない。
キョウゴク　だが、南にはなった密偵から報告が来ている。この半年ほどの間に、何度か教団員達の前で説法したそうだ。が、最近はまた姿を消している。
ラギ　どういうことだ…。
シレン　（ラギに）あなたも初耳？
ラギ　ええ。
キョウゴク　知っているのは俺とモロナオ様、モロヤス様、ヨリコ様の四人だけだ。うかつに外には漏らせん。考えられるのは、一度仮死状態になったゴダイが20年たち目覚めたか、それとも偽者をでっちあげたか。
シレン　…偽者なら、なんで20年も経ってからわざわざ。
ラギ　でも蘇ったのなら、なぜ大々的に宣伝しないんですか。ゴダイ復活は南の有利になりこそすれ、隠す必要は無い。
キョウゴク　ああ、いろいろ不可解だ。いずれにしろ、お前に行ってもらうしかない。
シレン　ゴダイをもう一度殺せと。
キョウゴク　そういうことだ。

シレン　…いや、でも、私は…。
キョウゴク　ん？
シレン　南にいくのは、どうも…。
ラギ　え、…ひょっとして怖がってる？
シレン　…ええ。怖いわ。
ラギ　そんな…、あなたが怖がるなんて。
シレン　…私が鋼で出来ているとでも思った？

と、そこに入ってくるモロナオとモロヤスとヨリコ。

モロナオ　どうした、話がまとまらんか。キョウゴク。
キョウゴク　モロナオ様。
モロナオ　時間がかかるので覗きにきた。いやがっているようだな、シレン。臆病風に吹かれたか。
シレン　……。
キョウゴク　そう、お責めなさるな。ゴダイが尋常な男でないことは、モロナオ様もモロヤス様もよくご存知のはず。一度仕留め損なった奴を再び暗殺することがどれほど困難か、仕事を知る人間であればあるほど慎重になるのは当然かと。
モロヤス　ふん。理屈ばかりは達者な男だ。
モロナオ　だが、女の我儘が通るような事態ではないぞ。ゴダイは絶対に倒さねばならない。シレンが駄目なら、お前自ら南に行ってもらわねばならんな、キョウゴク。

シレン　！

モロナオ　ゴダイが並の男ではないことはようくわかっておる。わしとモロヤス、それにおぬしともに一度はゴダイと同じ理想を抱き、一つの国づくりを目指して戦った身。今は、二つの国に分かれ敵対しているが、それゆえに敵としての怖さをよく知っている。奴の息の根を止めねば北の王国の安泰はない。そうだろう、キョウゴク。

キョウゴク　…仰る通りです。

と、キョウゴクを制するラギ。

ラギ　俺が行きます。

キョウゴク　ラギ。

ラギ　俺がゴダイを仕留めてきます。

キョウゴク　よせ。お前では無理だ。

ラギ　なぜですか。少なくとも今この国で父上に次いで腕がたつのは俺です。

モロヤス　ほう、言うたな、小僧。わしよりも腕が立つか。

ラギ　では、モロヤス様がゴダイ暗殺に行って下さいますか。

モロヤス　(ラギの胸ぐらを掴む) ナマ言うんじゃねえ、ガキが。

と、モロヤスの腕を押さえるシレン。

モロヤス　いてててて。

シレンにつぼを押さえられ手を放すモロヤス。

シレン　そのツボが痛むということは、肝の臓が弱っている証拠。お酒を控えられた方がよろしいかと。

モロヤス　なんだと。

シレン　モロヤス様はモロナオ様を支えられる大事なお方。お身体、ご自愛下さい。（と笑いかける）

モロヤス　お…、おう。

シレン　モロナオ様、私が参ります。ゴダイ暗殺の命、このシレンが必ずや成し遂げて見せましょう。

モロナオ　ん。お前ならばそう言うてくれると思うたぞ。

キョウゴク　いいのか、シレン。

シレン　ええ。

モロナオ　よし、さっそく出立の準備をしろ。ラギ、お前もだ。

シレン　私だけで充分かと。

モロナオ　お前一人で失敗したのを忘れるな。ゴダイは必ず倒さなければならない。
ラギ　わかりました。必ず。
モロナオ　今度は失敗は許さん。行くぞ、モロヤス、ヨリコ。

と、モロナオ達三人立ち去る。

シレン　（キョウゴクに）すみません。私が躊躇したばかりに、キョウゴク様に不快な思いを。
キョウゴク　気にするな。あれが彼らのやり方だ。…ラギ。
ラギ　はい。
キョウゴク　自分で言い出したことだ。シレンの足手まといになるなよ。
ラギ　もちろんです。
シレン　じゃ、準備して。目立たないように、夜のうちに国を出るわよ。
ラギ　了解。
キョウゴク　頼んだぞ。

シレンとラギ、立ち去る。
二人を見送るキョウゴク。

——暗　転——

【第二景】

20年前の南の王国。
飢えや貧しさに困窮する農民たち。その間を歩くゴダイ大師。
農民たち、口々に「ゴダイさまだ」「お救いを」などとすがりつく。
ゴダイ、「おう、おう」などと一見穏やかな笑顔で人々に応対している。
農民夫婦（のちのセモタレとコシカケ）がすがりつく。

農民（コシカケ）　もう、3日も何も食べておりません。お救いください、ゴダイ様。
農民（セモタレ）　愛の手を、教祖様。
ゴダイ、セモタレを見つめるが、突然彼女を抱きしめ唇を奪う。
セモタレ、慌てて身体を引き離す。

セモタレ　な、なにをなさいます！
ゴダイ　愛の手を差し伸べてるんじゃねえか。

もう一度セモタレを引き寄せ口を吸う。が、今度はセモタレから積極的になる。慌てるコシカケ。

コシカケ　か、かかあに何をなさる。

ゴダイ　お前、そこに四つん這いになれ。

コシカケ　へ？

ゴダイ　いいから。

コシカケ　へ？

ゴダイ　わかんねえ奴だな。だから、四つん這いになるんだよ！

と、コシカケの腹を殴る。苦しみうずくまるコシカケ。その背中にすわるゴダイ。セモタレを後ろに回し、背もたれにする。

ゴダイ　どうだ、苦しいか。苦しいだろう。憎いか俺が。憎いだろう。それがこの世だ。

周りの人間を殴り倒してうずくまらせるゴダイ。その上に座って行くゴダイ。

ゴダイ　ほら、ほらほら。

悲鳴を上げる人々。

ゴダイ　おめえら、しょせん椅子だ。誰かに腰掛けられて終わるんだ。

と、コシカケを引き上げ立たせる。
今度は自分がうずくまる。

ゴダイ　さ、座れ。俺の上に座れ。
コシカケ　え。
ゴダイ　座れよ。俺の上に。いいから、はやく。
コシカケ　じゃ。（と、座ろうとする）
ゴダイ　（ガバリと立ち上がりものすごい形相で）但し、座ったら殺す！

コシカケだけでなく他の民衆も震え上がる。
もう一度、うずくまるゴダイ。

ゴダイ　さ、座れ。
コシカケ　ご、ご勘弁ください。

ゴダイ、立ち上がるとコシカケに迫る。

ゴダイ　お前、椅子になりたいか。俺に、腰掛けられたいか。
コシカケ　いえ、それは…。
ゴダイ　いやか、いやなのか。
コシカケ　はい。
ゴダイ　だったら、言ってみろ。座ったら殺すと。俺みたいに言ってみろ。
コシカケ　え…。
ゴダイ　殺すか、俺を。殺せるか、俺を。
コシカケ　お許し下さい。（と土下座する）
ゴダイ　（その上に腰掛け）どうだ、苦しいか。重いか。俺が。
コシカケ　へい。
ゴダイ　重いんだよ。それが俺の想いだ。お前たちへの想いだ。

と、立ち上がるゴダイ。

ゴダイ　いいか、俺はお前たちに腰掛ける。お前たちの上にあぐらをかく。でもな、泣きながら腰掛ける。俺はお前たちの苦しみを感じ、泣きながら座る。俺はお前たちに支えられる。

その苦しみの上に座り続ける。それが教えだ。神の教えだ。神は泣きながらお前らの上に腰掛ける。その重さは、神の想いであり、それを伝える俺の想いだ。みな、神の椅子になれ。

ははーっと四つん這いになる民衆。

ゴダイ　ただ、その背中には神以外誰も乗せるな。ただ楽だからと、ただ自分が楽をしたいからと、お前たちに座ろうとする奴がいる。そいつらは俺が殺す。俺の上に座る奴を殺すのと同じように、お前らに座ろうとする奴は俺が殺す。神の代わりに俺が殺す。お前らは椅子だ。神の椅子だ。その椅子を俺は愛す。椅子であるお前たちを全力で愛す。

と、コシカケを起こし抱きしめる。今までの凶悪な目から、思いっきり慈しみの表情に。

ゴダイ　重かったなあ。苦しかったなあ。ありがとう、ありがとう。
コシカケ　いえ。もっともっと。もっともっと座ってください、ゴダイ様。

と、土下座するコシカケ。
他の民たちも、口々に「座って下さい」「ゴダイ様」と言いながら土下座する。

ゴダイ　お前ら、腹減ってるだろう。（と、配下に声をかける）この者たちに餅を配ってやれ。

と、フード付きマントを被った教団の男女たちが四五人、農民たちに餅を配る。
その中の一人の女に目が止まるゴダイ。女の腕をつかむ。その女、教団に潜り込んだ若き日のシレンである。

ゴダイ　お前、名前は。
シレン　ゴダイ様にお答えする程の名前はございません。
ゴダイ　いいだろう。だったらナナイだ。お前をこれからナナイと呼ぼう。お前たち、寝床だ。寝床を作れ。

と、民たちに言う。民たち、四つん這いになると四角に固まりあい、寝台になる。
その上にシレンを放るゴダイ。

ゴダイ　ナナイ、お前はこれからずっと俺のそばにいろ。いや俺の下にいろ。

と、シレンに覆いかぶさるゴダイ。
と、シレン、体を入れ替え上になる。

シレン　いや。上がいい。

とゴダイの上になるシレン。

ゴダイ　（笑い出し）ああ、それもいい。

二人、抱き合い、人間寝台の中に埋もれていく。人々は去り、現在に。彼女のフード付きマントは人々が去る時に持って行き、その下は行商人姿になっている。と、ラギも行商人姿で現れる。

ラギ　どうしました。ぼんやりして。
シレン　ん。ああ、南の匂いだなって。
ラギ　匂い？
シレン　匂いって、一気に昔を呼び起こされるね。
ラギ　北と南でそんなに違うとは思えないけどな。
シレン　そのうちわかるわ。
ラギ　なんか大人ぶってません？
シレン　そりゃそうでしょ。幾つ違うと思ってるの。（手をのばしラギの頬をなで）あなたが生まれる前から、私はこの手で人を殺してきた。

ラギ　…そんな言い方、しないほうがいい。

シレンの手をはずし、ラギ、真剣に言う。

ラギ　この手は国の為に戦ってきた、誇りある手だ。
シレン　…あんまりまっすぐで、言葉が出なくなるわ。
ラギ　なんで。
シレン　国の為なんかじゃない。私は私の技を必要とする人のために仕事をしてきた。それだけよ。
ラギ　それは、父のことですか。
シレン　そう。人殺しの一族と忌み嫌われた私を、キョウゴク様だけは認めてくれた。…さ、行くわよ。北の密偵は市場で待ってる。

と、景色が開けてくる。
そこは南の王国の大広場。
果物や魚などを売っている人々。

ラギ　結構にぎやかだな。
シレン　暖流が流れてるから、思ったより暖かいの。魚と果物は北よりもこっちのほうが美味しいわ。
ラギ　仕事にはどれくらいかかったんですか。
シレン　南に入って半年。教団内部に入って一年半。併せて二年ってとこかな。
ラギ　そんなに。だから、南の連中は、ゴダイは病死したと思いこんでたのか。
シレン　そういうことね。今回は何年かかるか。
ラギ　そんなに悠長にいけるかな。
シレン　え。
ラギ　…モロナオ達は、一刻も早く南を滅ぼしたいと思ってる。奴ら、とにかく自分たちの権力を固めたくて仕方がないんだ。あまりのんびりやってると何をするかわからない。
シレン　…そう。心しておくわ。（ショールを出し）この町にいたのは20年前だから、わかる人間もそうはいないと思うけど、念のため。（と、顔に巻く）
ラギ　…いや。早くここを逃げ出した方がいい。
シレン　なぜ。
ラギ　ほら、あれ。

と、向こうからいくつものシレンの似顔絵のプラカードを掲げた教団員達が現れる。その中心にいるのは、シンデン。南の教団の内政を担当する大臣だ。

シンデン　よいか皆の者、よくきけ。この女を見かけたら、至急教団本部に連絡しろ。ナナイとい教団員1　う女だ。この女を探せ。
ラギ　この女だ。ナナイという。
シレン　…いきなり指名手配か。
ラギ　あれはシンデン。
シレン　昔なじみ？
ラギ　ゴダイの側近よ。
行こう、ここは危険だ。

と、ラギとシレン、静かに人混みに紛れ消えようとする。その動きが気になるシンデン。
と、そこに犬の着ぐるみを被った男が吠えかかる。ヒトイヌオである。

ヒトイヌオ　ワンワンワンワンワン！
教団員1　ええい、ヒトイヌか。やめろ、うるさい。
シンデン　手荒な真似はするなよ。イヌとして暮らしてよいとゴダイ大師様に許された者達だ。
教団員1　は。
シンデン　ほれ、骨をやるからあっちにいけ。（と、骨を投げる）
ヒトイヌオ　（無視して尚吠える）ワンワンワンワンワン！
シンデン　ええい。銭をやるからあっちにいけ。（と、小銭を投げる）
ヒトイヌオ　ワオーン。（と、小銭を追って四つ足で走り去る）

シンデン　やれやれ、イヌのようでも欲はヒトのままか。さあ、行くぞ。
教団員1　は。この女を知らぬか。
シンデン　見たものは教団本部のシンデンまで連絡しろ。

と、シレン達が去った方とは別方向へ歩き去るシンデン達。

×　×　×　×

裏路地。
人目を避けて入ってくるシレンとラギ。

ラギ　（様子を見て）つけられてはいないな。でも、なんで連中はあなたを探してるんだ。
シレン　わからない。私がゴダイを殺したことは、ばれていない筈なんだけど。
ラギ　し。（と、何者かの気配を感じる）

と、ヒトイヌオが犬のように四つ足でノソノソと路地に入ってくるとイヌのように座る。

シレン　ヒト？
ラギ　イヌ？
ヒトイヌオ　モロナオの眼鏡は？
ラギ　え？

ヒトイヌオ　モロナオの眼鏡は？
ラギ　ああ。伊達眼鏡。キョウゴクの息子は？
ヒトイヌオ　伊達男。
ラギ　正解だ。
シレン　その合言葉、どうかと思うよ。
ヒトイヌオ　どうもお疲れ様です。（と、立ち上がる）
シレン　あなたが密偵。
ヒトイヌオ　そういうことです。割り符を。

と、イヌの着ぐるみの下から割り符を出す。
ラギ、懐から割り符を出す。その時に、一緒に守り袋を落とす。

ラギ　確かに。
ヒトイヌオ　（と、割り符を合わせる）お、ピッタリ。

シレン、ラギが落とした守り袋を拾い匂いをかぐ。

シレン　香袋だけど匂いはしない。合格ね。（と返す）なに、いい人の？
ラギ　あ、返して。

ラギ　そんなんじゃない。

シレン　特定の匂いがすれば，変装しても気づかれる恐れがある。その香袋を渡したのは、ちゃんとあなたの仕事がわかってる人のようね。

ラギ　まあね。（ヒトイヌオに）しかし妙な格好だな。

ヒトイヌオ　ヒトイヌオです。南の王国にようこそ。

ラギ　噂には聞いていたが、それがヒトイヌか…。

ヒトイヌオ　ゴダイが、ヒトはイヌとして生きる権利もあると言いだしましてね。でもまあ、イヌになればどこをウロウロしてても文句言われないから、密偵にはピッタリですよ。

シレン　ゴダイは本当に生きてるの。

ヒトイヌオ　ええ。半年ほど前から何度か人々の前で教えを説いてます。

ラギ　しかし、ヒトがイヌとして生きる権利って…。

シレン　あるんじゃない。20年前は、「お前らは椅子だ」って言ってたくらいだから。

ヒトイヌオ　イスからイヌ。20年間で…10文字進化したと言うわけですね。

ラギ　なんだよ、それ。

シレン　ところで教団はなんで私を探してたの？

ヒトイヌオ　それがなかなか理由がわからなくて。もうちょっと探ってみます。何かありましたら、この笛を吹いて下さい。（と、小さな笛を渡す）犬笛です。犬にしか聞こえないから安心して呼んで下さい。

シレン　あなた聞こえるの。

ヒトイヌオ　訓練しました。ヒトイヌですから。

と、会釈すると去って行く。
シレン、笛を吹く。音はしない。

ヒトイヌオ　（戻ってくる）はい？
シレン　あ、確認。ほんとに聞こえるのかなって。
ヒトイヌオ　聞こえないものを渡しませんよ。
シレン　ごめんなさい。
ヒトイヌオ　では。

と、ヒトイヌオ、去る。シレン、また吹こうとする。その時、ヒトイヌオが戻る。

ヒトイヌオ　用があるときだけ。聞こえるから。ね。
シレン　はい。（笛をしまう）

ヒトイヌオ、去る。

ラギ　…シレン、あなたは北に戻れ。これ以上この国にいるのは危険だ。あとは俺がなんとか

シレン　する。あなたに何とかできるって？　ゴダイはそんなに甘くないわ。
ラギ　でも君は面が割れてる。

と、シレン、犬笛を吹く。

ラギ　何を。
シレン　奴らが探してるんなら、それを利用する。教団本部に乗り込むわ。
ラギ　え。

ヒトイヌオ、ゼイゼイ言いながら戻ってくる。

ヒトイヌオ　用事でしょうね。
シレン　（ヒトイヌオに）私を見つけたと教団の連中に伝えて。
ヒトイヌオ　いいんですか。
シレン　うん。
ラギ　危険すぎる。あなたが暗殺者であることがばれてるかもしれないじゃないか。
シレン　だったら、私を探したりしない。見つけ次第殺せと言う。ゴダイはそういう男よ。
ラギ　…でも。

シレン　この仕事、あまり時間はかけられない。そう言ったのは誰だっけ。こんな簡単にゴダイに近づける機会、利用しない手はないわ。
ヒトイヌオ　さっき、シンデンがあなたを見つけかけたようだったので、気をそらしたのですが…。
シレン　ああ、シンデンがいいわ。彼は教団の中では、懇意にしていた。彼に話をして。
ヒトイヌオ　わかりました。

ヒトイヌオ、走り去る。

ラギ　…なんて大胆な。この仕事を怖がった人とは思えないな。
シレン　……。

シレン、黙って微笑むが、緊張している様子が見える。それを察するラギ。

ラギ　…やっぱり緊張する？
シレン　…教団に入ったら、脱出経路を確保しよう。最悪あなただけは逃げて。
ラギ　あなたは。
シレン　…私のことはいい。南の様子、教団の様子、生きて戻ってキョウゴク様に報告する。それが君の一番の仕事よ。
ラギ　…しかし。

シレン　し損じた仕事をやり遂げる。どんな手段を使っても。それが私の仕事。憧れてたんなら、私の誇りを守らせて。

ラギ　……。

と、シンデンが血相変えて走ってくる。その後ろからヒトイヌオ。

シンデン　（シレンを見て）…ナナイか。

シレン　はい。

ヒトイヌオ　ワンワン、ワンワン。

シンデン　おお、よく知らせてくれた。これは礼だ。それ。

小銭を投げる。シンデンに気づかれぬようにシレンに「ではまた」と目配せすると駆け去るヒトイヌオ。

シンデン　心配していたのだぞ。追われるように教団を出て行き、どうやって暮らしているのかと。しかしお前は変わらないなあ。20年たっても全然変わらない。

シレン　いいえ、そんなことはないでしょう…。

シンデン　（と、ラギを気にして）彼は？

シレン　ああ、…召使いのラギです。

「え？」と聞くラギのそぶりに「いいから調子をあわせて」というシレンのそぶり。

シレン　最近は物騒ですので、召使い兼護衛役を雇っています。

シンデン　そうか。教団を出ても、そのくらいの余裕はある暮らしをしていたか。それはよかった。

シレン　安心したぞ。

シンデン　おかげさまで。

シレン　お前は賢い女だったからなあ。あの頃は辛い思いをさせてしまった。

シンデン　昔の話は。それで、なぜ私をお捜しで。

シレン　それだ。一緒に来てくれ。ゴダイ様がお待ちだ。

「ゴダイ」の言葉に、ラギとシレン目配せ。

シンデン　さ、来い。

シレン　はい。

教団本部に向かうシレン、ラギ、シンデン。

×　×　×　×

教団本部。教祖の間。

ショウニンとコシカケとセモタレ、あと二組の教団員の男と女が待ち構える。
ショウニンは教義大臣。教義に関してはゴダイに次いでのポジションだ。
ゴダイ、モンレイとマシキ現れる。モンレイは彼の妻、マシキは娘。

ショウニン　お帰りなさい、皆様。ビバ湖はいかがでした。
モンレイ　それはもう。さすがはこの国一の湖、ビバ湖。海かと思うばかりの広さで。風光明媚とはあのこと。まさにビバビバ。
マシキ　ええもう、ビバビバ。
モンレイ　おかげでゴダイ様の悟りはますます深くなられました。ねえ、あなた。
ゴダイ　あ？
ショウニン　お前たち、教祖様ご家族に椅子の準備を。

教団員、「は」とうなずくと男はうずくまり女は背もたれになる。その人間椅子に座るモンレイとマシキ。

モンレイ　ご苦労さま。
マシキ　もっと高く。ほら、しっかりして。すわり心地悪いわよ。

ゴダイにはセモタレとコシカケが椅子になっている。がゴダイは座るのを躊躇している。

ショウニン　どうされました。ゴダイ様。
ゴダイ　…やっぱ、悪いよ。

というゴダイ、シレンの回想とは別人のように弱腰。温和な表情。

ゴダイ　人の上に座るなんて、悪いよ。
コシカケ　な、なにをおっしゃいます、ゴダイ様。
セモタレ　私ら夫婦、ゴダイ様の専属椅子であることにどれだけの誇りを持っているか。
コシカケ　久しぶりにゴダイ様に腰掛けていただける。それを楽しみにしておったのです。どうぞおかけ下さい。むしろ、それがわしらの望み。
セモタレ　さ、腰掛けてこの胸に身体をおあずけ下さい。
モンレイ　そうですよ、ゴダイ様。遠慮なさらず。どーんといけばいいんすよ、どーんと。
マシキ　そうですよ父上様。どーんと。
ゴダイ　……。

ゴダイ、自分がうずくまる。

ゴダイ　さ、俺の上に座れ。

コシカケ　え。
ゴダイ　ほんと、悪かった。人の上に座るなんて、ひどいことして。さ、俺の上に座れ。
コシカケ　そんな。ゴダイ様がお座りください。
ゴダイ　いや、あんたが。
コシカケ　ゴダイ様が。

と二人うずくまって押し問答。

モンレイ　きりがありませんよ、あなた。
ゴダイ　（立ち上がり）お前らもいい加減にしろ。

と、モンレイとマシキを人間椅子の上からどかす。

ゴダイ　可哀想だろう、ほんとに。もう禁止。人の上に座るのを禁止する。

コシカケ、セモタレ他、人間椅子の教団員達、「そんな」「座ってください」「ゴダイ様」と口々に叫ぶ。

モンレイ　それはなりません、ゴダイ様。

ゴダイ　なんで。
モンレイ　それでは教義が。ゴダイ教の教えがゆらいでしまいます。
ゴダイ　教義？

ゴダイ以外直立不動に。

モンレイ　人は椅子、人は腰掛け、神の椅子、神と我とはその椅子を愛す。
一同　人は椅子、人は腰掛け、神の椅子、神と我とはその椅子を愛す。
ゴダイ　……やっぱ、変だよ、それ。

どよめく教団員。

モンレイ　お前たち、お下がりなさい。（と教団員に言う）
ショウニン　下がれ。いいから下がれ。

と、教団員たちを下がらせるショウニン。
教団員達、まだ「ゴダイ様」「ゴダイ様お導きを」などと言いながら下がっていく。

モンレイ　ゴダイ様、寝所でお休みを。
ゴダイ　…ナナイは？

モンレイ　ゴダイ様。
ゴダイ　…ナナイはいないのか？　寝るんならナナイと一緒だ。
ショウニン　ナナイはおりません。
ゴダイ　あー、寝てえなあ、ナナイと。
モンレイ　あなた、いい加減になさい！

ビクッとするゴダイ。

モンレイ　（優しく）さ、おやすみなされ。ナナイはおりませぬが、添い寝の女はおります。

若く綺麗な女性教団員が二人、薄物を着て現れる。

モンレイ　さ、あちらに。
ゴダイ　お、じゃあそうしよう。

と、去るゴダイ。

モンレイ　どうしようもないわね、あれじゃ。
マシキ　眠りっぱなしのほうが、まだましだったかも。

モンレイ　この間の説法《せっぽう》集会の時も、ろくに教義を覚えてないから「人は椅子」を「人はイヌ」なんて言い間違えるし。

マシキ　あー、あれはひどかった。「人はイヌとして生きよ」って。

モンレイ　おかげで、ヒトイヌの令なんか出す羽目になっちゃって。ほんとに苦労かけるわね、ショウニン。

ショウニン　いえいえ、ゴダイ様の言葉を間違いというわけにはいきませんから知恵を絞りました。

モンレイ　ありがとう。

ショウニン　モンレイ様のためならこの私、どんな苦労もいといません。もちろん、どんな快楽も。

（と、モンレイの身体に指をはわし、ウヒャヒャと笑う）

モンレイ　こら、ショウニン。マシキが見てるでしょう。

マシキ　今更私を気にされてもね。ま、かあさまも好きにすればいいわ。そんなクネクネムッチリ、好みじゃないし。やっぱ男は若いのに限るわ。教団員に若くてピチピチしたいい男が入ったら、私のところに連れてくるのよ、ショウニン。

ショウニン　それはもう。

モンレイ　ふん。若くてピチピチした男なんて、まだまだ浅いわね。

マシキ　浅くて結構。私は遠浅の恋に生きるの。潮干狩りの女、それが私。

そこにシンデンが入ってくる。

シンデン　モンレイ様、シンデンただいま戻りました。
モンレイ　おや、お帰り。どう、ナナイは見つかった。今更あんな女探したところで、見つかりゃしないと思うけど。

と、入ってくるシレンとラギ。シレン、ナナイとして入ってくるので殊勝な表情。

モンレイ　…へえ、まだ生きてたんだ。
シレン　はい。
モンレイ　今の見てた？
シレン　はい。
モンレイ　じゃ、わかるわね。今がどういう状況か。
シレン　なんとなくは。
モンレイ　20年よ、20年ずーっと眠ってたの。それが奇跡的に目が覚めて。さすがは教祖様、さすがはゴダイ様。これでやっと北の連中に目にもの見せてやれる。そう思ったんだけどね。目が覚めたら、あの体たらくだよ。まだ、半分寝てるみたいなものね。
シレン　驚きました。
モンレイ　いろいろやったけど、全然効果がない。他に打つ手がなくてね。そこのシンデンがあんたを探すしかないっていうから。
シンデン　あれだけ会いたがっておられるのです。必ず、ゴダイ様の刺激になります。

モンレイ　まさか本当に現れるとは。しぶとい女だよ、あんたも。
シレン　私は何をすればいいのですか。
モンレイ　さあね。寝てやればいいんじゃない。
シレン　え。
ショウニン　モンレイ様、それは…。
モンレイ　ゴダイがやりたいようにやらせりゃいいのよ。あれだけやりたがってたんだから。昔のようにその女に溺れさせればいい。子供さえ作らなきゃ何の問題もない。まあ、今度はあんただって気をつけるだろうけどね。
ラギ　え…。
モンレイ　赤ん坊取り上げられるのは一度で充分だろうさ。こっちだって無益な殺生はしたくない。
シンデン　その話はもうよろしいのでは。

という会話中、ラギの横に来て、ずっとなめるように見ているマシキ。突然叫ぶ。

マシキ　とおあさー！　とおあさー！

と、ラギの身体を触りまくる。

ラギ　なに⁉

マシキ　もう、ピチピチのしじみ？　あさり？　はまぐり？　って感じで、たまりませんわー。
ショウニン　マシキ様、御自重を。
マシキ　やかましい。久しぶりのいい男じゃない。あー。潮干狩りの血が疼く‼　潮干がるぞー、潮干がれれば、がるるとき、ガルルーガルルー。

と獣のような雄叫びをあげ、ラギを押し倒すマシキ。

ラギ　ちょ、ちょっと。何をなさる。
モンレイ　その男は？
シンデン　ナナイのしもべのラギにございます。

モンレイ、マシキを引き起こすとビンタ。

モンレイ　いい加減にしなさい、はしたない！

返す刀でラギにもビンタするモンレイ。

ラギ　なぜ⁉
モンレイ　勢いよ！

ラギ　えー。

モンレイ　（シンデンに）ゴダイ様に会わすなら、さっさと会わせて。それで正気に戻らないようなら、さっさと追い出して。

シンデン　は。

モンレイ　マシキ、来なさい。その女のしもべなんかに。みっともない。

モンレイ、まだラギに色目を使っているマシキを引きずって立ち去る。

ショウニン　あまり調子に乗るなよ、ナナイ。お待ち下さい、モンレイ様。（と、後を追う）

シンデン　…すまないな。お前には何も非がないのに。

シレン　ここに来る時に覚悟してましたから。

シンデン　とりあえずお前達の部屋を用意させる。ここで待っていてくれ。

と、シンデン、立ち去る。シレン、ナナイから元の自分の表情に戻り、大きく息を吐く。

シレン　…あれは影武者じゃない。本物のゴダイだわ。20年かけて毒を体外に排出したのね。後遺症は残ってるとはいえ、たいした体力だわ。今度こそは確実に仕留めないと。

黙っているラギ。

シレン　…なに？
ラギ　…子供、いたんだ。
シレン　まあね。生んですぐにあいつらに取り上げられたけど。
ラギ　それって…。
シレン　……。
ラギ　…ああ。…ごめん。
シレン　……。
ラギ　でも、そこまでしてゴダイに取りいるって…。
シレン　それが狼蘭よ。
ラギ　…でも。
シレン　それが狼蘭だから。

黙って立っているシレン。
それ以上声を掛けられないラギ。

——暗　転——

【第三景】

北の王国。キョウゴクの屋敷。
夜。庭で空を眺めているミサギ。
手に守り袋を持ち祈っている。

ミサギ　……にいさま、ご無事で。ミサギは、あなたのご帰還だけを心から祈っております。

と、ミサギの回想。
荷物を持ち出立しようとしているラギに声をかけるミサギ。

ミサギ　にいさま。
ラギ　ミサギか。
ミサギ　これを。お守りです。私もお揃いを。

二つの守り袋の一つをラギに渡すミサギ。

ラギ　おい。これは匂い袋じゃないか。こんなもの、俺は持てんぞ…。（匂いをかぐ）匂いはしないな。

ミサギ　私も侍所の頭目の娘。お役目の心得くらいはわかっております。

ラギ　そうか。たいしたものだ。お前も成長したな。

ミサギ　はい。

ラギ　詳しいことは言えないが、この国を守る大事なお役目だ。俺がいない間、父上を支えてくれよ。

ミサギ　はい。（と、ラギの手を握るとじっと見つめる）必ずお帰りになられますね。

ラギ　（その手を放し、守り袋を見せ）ああ、ミサギが必ず守ってくれる。

ミサギ　はい。

ラギ立ち去る。名残惜しげに見送るミサギ。
とキョウゴクの声。ミサギ、回想を終える。

キョウゴク　ミサギか。まだ起きていたのか。

ミサギ　お父上。

キョウゴク　またラギのことを思っていたのだな。なに、心配するな。あやつなら何とかする。

ミサギ　でも、南の王国は恐ろしいところだと聞きます。人を椅子にしたりイヌにしたりするとか。

キョウゴク　そういう噂を鵜呑みにするな。

ミサギ　でも、もし兄上が椅子になったりイヌになったりして帰ってきたら。

キョウゴク　その時は座ってやったり、球を投げて遊んでやればいい。墨で眉毛を描いてやってもいい。くだらぬことを心配するな。

ミサギ　でも、私は。

キョウゴク　お前の兄好きも大概のものだな。俺のことはほっておいても、ラギのことになると目の色が変わる。

ミサギ　そんなつもりは。父上も兄上も同じように大事な人です。

キョウゴク　冗談だよ。確かに、ラギの身の回りの世話は、ほとんどお前にさせていたからな。情が濃くなっても仕方がない。母を早くなくしたせいで、お前には苦労をかける。

ミサギ　いいえ、私は。

その時、トキとアカマがかけてくる。

トキ・アカマ　お館様。お館様!!

キョウゴク　どうした。

トキ　お逃げ下さい、キョウゴク様。

アカマ　モロナオ達が攻めてまいります。

キョウゴク　なに。

ミサギ、慌てて屋内に入る。

ミサギ　父上。

と、キョウゴクの刀をとってくるミサギ。

キョウゴク　おう。ご苦労。（とミサギから刀を受け取る）トキ、アカマ、逃げるぞ。
トキ　え。
アカマ　むざむざと敵に後ろを。
キョウゴク　今、奴らを迎え撃つには兵が足りん。なに、モロナオ達はニワトリ頭だ。今は俺が憎いと思っても三日経てば気が変わる。今は逃げの一手だ。
トキ　でもどこに。
キョウゴク　南との国境近くに隠れ家がある。ミサギ、来い。
ミサギ　はい。（守り袋を握りしめ）ラギにいさま、お守り下さい。

その姿を見つめるキョウゴク。四人駆け出す。

×　×　×　×

国境近く。
走ってくるキョウゴク、トキ。アカマはミサギをかばいながら来る。

アカマ　大丈夫ですか、ミサギ様。
ミサギ　ええ。私なら。仮にもキョウゴクの娘です。
キョウゴク　まもなく隠れ家だ。そこで休める。

と、その前に現れるモロナオ、モロヤス、ヨリコと配下の侍達。後ろに御簾《みす》のかかった車が控えている。

モロナオ　そうはいかない。お前の隠れ家などとうに調べがついているわ。
キョウゴク　モロナオ様、なぜこんなことを。
モロナオ　お前に謀反の疑いがある。
キョウゴク　そんな。何を証拠に。
モロナオ　先日、そこのミサギをこのモロヤスの嫁にという話を断ったろう。この天下の大執権、モロナオの家とおぬしの家を縁続きにしてやろうという有難い申し出を断るなど、これを謀反と言わずしてなんというか。
ミサギ　…そんな話が。
キョウゴク　お前が気にすることではない。娘の幸せは娘に決めさせる。それが我が家のしきたりだ。

ヨリコ　しきたり。この国のしきたりは全部モロナオ様が決める。
モロヤス　（ミサギを見て）やっぱ、いい女だなあ。キョウゴクの娘とは思えないぜ。

後ずさりするミサギ。

キョウゴク　案ずるな、ミサギ。（と、かばう）
モロナオ　キョウゴク、もともとお前はダイナンとも仲がよかったろう。あれは今では南の王国一の武闘派だ。今でも通じ合っているのではないか。
キョウゴク　馬鹿馬鹿しい。それはゴダイと共に戦っていた昔の話だ。その頃はおぬしも一緒だったではないか。
モロナオ　忘れたわ、そんなこと。
キョウゴク　第一、われら侍所は、ギセン王直属の部署。それを勝手に襲うなど、おぬしらの方こそ越権行為と思われるぞ。
モロナオ　ふん。理屈は後からついてくるのだよ。
モロヤス　あー、もう我慢出来ねえ。とっととやっつけて、とっととミサギをものにしていいかな、兄貴。
ヨリコ　喜びなさい、キョウゴク殿。おぬしが死んでもおぬしの血は残る。ミサギはこのモロヤスの嫁にしますから。
モロヤス　嫁はどうかな。ま、妾くらいならしてやらんこともない。

刀を構えるモロナオ軍。

キョウゴク　…いい加減にしろよ、貴様ら。我が娘への侮辱は絶対に許さん。

刀を抜くキョウゴク。あわせて刀を構えるアカマとトキ。笑い出すモロナオ達。

モロナオ　抜いたな、刀を。我らに刃を向けたな。
キョウゴク　ああ、抜いたがどうした。
モロナオ　やっぱりお前は反逆者だ。ヨリコ。
ヨリコ　はい、あなた。

と、後ろに控えていた車の御簾をあける。
そこには宮女といちゃいちゃしているギセンがいる。

ギセン　お？
キョウゴク　ギセン様！
モロナオ　今、お前はギセン王に刀を向けている。これこそが謀反でなくて何か。
ギセン　謀反？

モロナオ　ええ、ギセン様。侍所管領キョウゴクの謀反にございます。

キョウゴク　いや、これは罠です！

ヨリコ、すかさずギセンの耳を押さえる。

ギセン　え？　え？

ヨリコ　（ギセンの耳から手を放し）悪いのはキョウゴクでございます。やっつけちゃっていいですか。

ギセン　悪いのはキョウゴクか？

ヨリコ　はい、私らはギセン様のお味方。

ギセン　虫、くれる？

ヨリコ　はい。虫でございます。

と、ギセンに昆虫標本の箱を渡す。

ギセン　おおー。すげー。虫だ、すっげえ。

モロナオ　昆虫標本にございます。

ギセン　おおー、標本。

モロナオ　キョウゴクの始末は。

ギセン　あー。しょうがないな。キョウゴク、やっつけられろ。
キョウゴク　ギセン様！
モロヤス　（手下に）ギセン様を安全な場所へ。

手下、ギセンの乗った車を引いていく。ヨリコもギセンをなだめるように一緒に去る。

モロナオ　よし、王の命はくだった。今よりキョウゴク討伐の戦だ！
モロヤス　但し、ミサギは殺すな。いいな。
キョウゴク　ええい、こうなれば腕ずくでも血路を開くぞ。
アカマ　承知！
トキ　侍所の底力、見せましょう。

襲いかかるモロナオの兵。
迎え撃つキョウゴク、トキ、アカマ。善戦するが、さすがに多勢に無勢。キョウゴク達が追い込まれる。

モロナオ　さすがのキョウゴクも多勢に無勢のようだな。
キョウゴク　アカマ、ミサギを頼む。
ミサギ　お父様。

キョウゴク　たとえこの命が果てようともお前は逃がす。それが父の務めだ。トキ、つきあってくれるな。
トキ　喜んで。
アカマ　お館様…。
キョウゴク　行け、お前達。

と、そこに現れる侍達。一気にモロナオの兵をやっつける。

モロナオ　なに⁉

一人の侍が、キョウゴクをかばい太刀を構える。南の将、ダイナンである。

ダイナン　そんなに死に急ぐことはねえだろうが、キョウゴクよ。
キョウゴク　お前、ダイナンか。
ダイナン　そうだよ。南の王国一の武闘派ダイナン様だよ。
モロナオ　まさか！　なぜ、貴様が。
ダイナン　その男が危険な時は、俺が駆けつけることになってんだよ。
モロヤス　おのれ。

と打ちかかるモロヤスを手玉に取るダイナン。

モロナオ　よせ、モロヤス。ダイナンとキョウゴク、二人揃うとは計算外だった。退け退け。
モロヤス　でも、ミサギは。
キョウゴク　それ以上言うと、嫁を手に入れる前に命をなくすことになるぞ、モロヤス。

と、剣を向けるキョウゴク。

モロヤス　く…。
モロナオ　来い、モロヤス。

と、逃げるモロナオ。続くモロヤス。
彼らの兵が逃げ、ホッとするキョウゴク達。

キョウゴク　大丈夫か、ミサギ。
ミサギ　はい。
トキ　九死に一生でしたな。
アカマ　だけど、これからどこへ。
キョウゴク　うむ…。

ダイナン　南に来い、キョウゴク。
キョウゴク　しかし…。
ダイナン　他にどこに行くあてがある。ゴダイは目覚めたぞ。
キョウゴク　わかっている。
ダイナン　もう耳にしていたか、さすがだな。
キョウゴク　俺は、ゴダイ教の教えは虫が好かん。
ダイナン　俺だってそうだ。でも、ゴダイは好きだ。だから南についた。
キョウゴク　確かにゴダイは人物だ。だがあれは諸刃の剣だ。敵も味方もどちらも切り刻む。
ダイナン　ならばお前が鞘になれ。
キョウゴク　無理だ。それができれば北にはつかなかった。
ダイナン　だが、お前はあのモロナオの下でやってきたではないか。今のお前なら、ゴダイの鞘になれる。
キョウゴク　北での俺の、何がわかる。
ダイナン　わかるさ、全部。お前は俺が惚れた男だ。
キョウゴク　ダイナン。
ダイナン　ゴダイは好きだ。だが、お前のことはもっと好きだ。
キョウゴク　…それは友としてと言うことだな。
ダイナン　いや、もっとあらゆる意味でだ。お前のことが大好きだ。（真剣かつ情熱的な目つき）
キョウゴク　……。

ダイナンの表情に、呆気にとられるキョウゴク。アカマとトキに救いを求めるが、二人は目をそらす。

アカマ　ミサギ様、あちらに行きましょう。
トキ　お疲れになったでしょう、ミサギ様。
ミサギ　でも、父さまは。
アカマ　大丈夫。あとは二人っきりに。
キョウゴク　おい、ちょっと待て。

そそくさと立ち去る三人。一緒にダイナンの兵も去る。二人きりになるキョウゴクとダイナン。キョウゴク、かなり気まずい。

ダイナン　…よし、やっと二人っきりになったな。

キョウゴク、ダイナンから離れる。

ダイナン　逃げるな。悪いようにはせん。
キョウゴク　いいも悪いもない。その趣味はない。

ダイナン　子をつくるぞ、キョウゴク。
キョウゴク　それは無理だ。いろんな意味で無理だ。
ダイナン　国という子でもか。
キョウゴク　…なに？
ダイナン　今のゴダイは昔のゴダイじゃない。20年寝続けて腑抜けになっちまった。今のあいつは裸の赤子だ。このままじゃ、かかあのモンレイや生臭坊主のショウニンの意のままに操られちまう。俺はそんなあいつは見たくない。だから、反乱を起こす。
キョウゴク　なんだと。
ダイナン　それにはどうしてもお前の力が必要だ。実を言えば、ここに来たのはお前を説得にいく途中だった。
キョウゴク　そういうことか。
ダイナン　俺とお前で南を手に入れよう。南をまとめたその上で、モロナオを攻める。
キョウゴク　北を攻めるのか。
ダイナン　北じゃねえ。モロナオだ。
キョウゴク　…ダイゴ教団を打ちモロナオを滅ぼし、その上で北と南をひとつにする。それが俺とお前の子供というわけか。
ダイナン　そういうことだ。でっけえ子供だぞ。
キョウゴク　…面白いな。さすがはダイナンだ。
ダイナン　お前の胸の奥でずっとくすぶってる炎があることはお見通しだよ。

キョウゴク　わかった。やろう。
ダイナン　そういうと思ったぜ。それと、もう一つ。
キョウゴク　なんだ。
ダイナン　キョウゴク、お前が好きだ。
キョウゴク　……。
ダイナン　好きだ。
キョウゴク　…ごめんなさい。

ゆっくり離れるダイナン。

ダイナン　…ふ。嫌い嫌いも好きのうち、か。
キョウゴク　違うから。全く違うから。無理だから。
ダイナン　……。(悲しみにダッシュで駆け去る)
キョウゴク　おい、待て。反乱はどうするんだよ。

後を追うキョウゴク。

――暗　転――

【第四景】

南の王国。教団本部。
深夜。シレンの部屋の前にある中庭。ショウニンが手下の教団員達を引き連れて現れる。

ショウニン　よいか。そこにナナイが眠っている。死なない程度に痛めつけてやれ。

と、現れるラギ。

ラギ　こんな夜更けに物騒な話ですね、ショウニン様。
ショウニン　き、貴様。
ラギ　私の主人をなぜ痛めつけるのでしょうか、滞在はモンレイ様も認めておられたはず。
ショウニン　やかましい。やってしまえ、皆の者。

襲いかかる教団員。ラギ、軽々と彼らを叩きのめす。

ラギ　これ以上、騒ぎが大きくなると主人が目をさまします。そろそろ退散してくれませんか。
ショウニン　ぬぬぬぬぬ。

と、そこにマシキが現れる。

マシキ　何をしているの、ショウニン。
ショウニン　マシキ様。
ラギ　この方が私の主人を痛めつける等と、乱暴なことをおっしゃるのです。
マシキ　どういうこと。
ショウニン　いいえ、口ではああ言いましたが、モンレイ様もあの女のことは苦々しく思っているはず。私はモンレイ様のことを思い…。
マシキ　嘘ね。お母様は口実。ほんとはお前が追い出したいんでしょ、ナナイを。
ショウニン　え。
マシキ　お父様が正気を取り戻すと、お母様と出来ている自分の身が危ない。だから、ナナイを追い出す。そういうことよね。
ショウニン　それは誤解です。
マシキ　ゲスが。まあいいわ、今日は黙っていてあげる。消えなさい。
ショウニン　は？
マシキ　帰りなさい。あんた、邪魔なの！

ショウニン　ははー。

と、走り去るショウニンとその部下達。
と、マシキの様子がいきなり変わる。

マシキ　…恋は、…恋は一夜の潮干狩り。
ラギ　はい？
マシキ　恋は海。寄せては引き引いては寄せる波のような激情が、私とあなたを押し倒す。どりゃ！

と、ラギにフライングクロスチョップ。
ラギは予想しているので簡単によける。

マシキ　（立ち上がり）ちょっと、なんで避けるの。
ラギ　なんでって言われても。
マシキ　言っとくけど私はゴダイの娘よ。この宮殿では26番目くらいに偉いのよ。
ラギ　…微妙な数字ですね。
マシキ　とにかく、あんたなんかが逆らったら大変な目にあうんだから、おとなしく恋に落ちなさい。

ラギ　脅迫で恋愛はちょっと…。
マシキ　もう、もったいつけるわねえ。一晩よ、たった一晩の潮干狩り、潮が満ちたり退いたりを楽しもうっていってるだけじゃない。
ラギ　…わかりました。
マシキ　やっとわかったの。じゃ。

と、抱きつくマシキをいなすラギ。

ラギ　その前に、ゴダイ様に会わせてください。
マシキ　お父様に？
ラギ　はい。私のような下賤な身では、ゴダイ様に直接お目にかかるなど夢のまた夢。こんな機会でもなければご尊顔を拝めません。
マシキ　寝てるわよ、こんな時間じゃ。
ラギ　それでいいんです。起きておられれば勿体なくて目がつぶれる。寝顔で充分。潮干狩りはそのあとで。
マシキ　楽しませてくれる？
ラギ　はい。こう見えて、私、潮干狩りにはうるさいほうで。
マシキ　…わかったわ。ちょっとだけよ。
ラギ　ありがとうございます。

と、シレンが現れる。

シレン　待ちなさい、ラギ。
ラギ　あ…。
シレン　私の許しもなく何をしているの。
ラギ　いえ、私は、ちょっと。
シレン　マシキ様。私どもと関わりを持たれるのは、お母様の手前まずいんじゃないですか。
マシキ　うるさいわね、大きなお世話よ。（ラギに）じゃあね。また、今度。

と、大あわてで去っていくマシキ。

ラギ　…起きてたんですか。
シレン　ショウニンが襲ってきた時からね。
ラギ　ま、そりゃそうか。あの気配で起きなきゃ、暗殺者失格ですよね。
シレン　そうね。そういうあなたも暗殺者失格だけど。
ラギ　俺が。
シレン　そう。なんでわざわざ自分が腕が立つところを見せるの。もっと目立たずに彼らをやり過ごす方法はいくらでもある。

ラギ　俺はあなたの護衛という役です。多少腕が立っても不自然じゃない。
シレン　じゃあ、なんで私に内緒でゴダイに会おうとしたの。
ラギ　それは…、一応ゴダイの寝室の様子が確かめられたらいいかなと。
シレン　ほんとに？　ほんとにそれだけ？

ジッと見つめるシレンに誤魔化しきれないラギ。

ラギ　…機会があれば、ゴダイを俺の手でやろうと思ってました。
シレン　…やっぱり。のぼせ上がるのもいい加減にしなさい。
ラギ　あなたが思うほど、俺は子供じゃない。その力はある。
シレン　あなたはゴダイという男を知らない。
ラギ　あんなふ抜けた男、俺一人で充分だ。
シレン　ラギ、ここを去って。私の前から消えて。
ラギ　そんな。
シレン　相手の力も読み切れない男とはとても組めない。
ラギ　そんなに人を殺したいのか。
シレン　え…。
ラギ　子供まで作って取り入って。自分の身を捨てて。そこまでしなきゃならないのか、狼蘭ってものは。

シレン　……。
ラギ　もういいだろう。あとは俺がやる。あなたは見ててくれ。
シレン　同情してくれてるの？
ラギ　……。
シレン　でもね、同情は軽蔑と同じよ。
ラギ　！
シレン　…寝なさい。焦らなくても明日にはゴダイに会える。

ラギ、自分の寝所に行こうとする。
が、わらわらと兵が現れ二人を取り囲む。

シレン　え？
ラギ　なに!?

ダイナンとモンレイとシンデンが姿を表す。

モンレイ　おとなしくしなさい、ナナイ。
ダイナン　ナナイじゃねえ、シレンだ。
シレン　…何の話でしょうか。

ダイナン　ごまかしてもムダだ。ネタはあがってんだ。お前が暗殺者ってことはな。

シレン　ご冗談を。

モンレイ　ナナイ。よくもゴダイ様をだましたわね。一度は閨《ねや》を共にした者が刺客だったと知れば
あの方はとても悲しむでしょう。お前がわが教祖様を騙し悲しませた罪は、本来なら、七度《ななたび》生まれ変わっても、あがなえるものではありません。でも、我らゴダイ教団はとても慈悲深い。一回死ぬだけで許してあげましょう。

シンデン　ナナイ、俺は、お前を信じていたのに。なんでこんなことを。

シレン　だから、何の話ですか。

と、言いながらジリジリ下がり退路を探しているシレン。その退路をふさぐようにキョウゴクが現れる。

キョウゴク　言い逃れはよせ、シレン。

シレン　！

キョウゴク　お前のことは全部俺が喋った。取り繕う必要はない。

シレン　キョウゴク様、なぜ…。

キョウゴク　俺は、北を捨てた。

ラギ　そんな。ミサギはどうした。

キョウゴク　すでにこちらに逃げ延びている。だが、ラギ、お前とシレンは死なねばならない。

シレン　え…。
モンレイ　そう。まずはその二人の首を跳ねることで、南への忠誠を示しなさい。
ラギ　売ったというのか、俺とシレンを。自分の命惜しさに。
キョウゴク　なんとでも言え。
シレン　なぜ、…なぜ、あなたが。あなたがいたから私は仕事が出来た。殺すだけしか能がない女に、その術を生かす道を教えてくれた。なのになぜ。
キョウゴク　使える道具は、使えるうちは手入れをする。それだけの話だ
シレン　…私は、私は道具ですか。
キョウゴク　ああ、実に使える道具だった。だが、今はもう必要ない。いらなくなった物は捨てるしかなかろう。
シレン　……。
ラギ　その言葉、許せない！

と、ラギ、キョウゴクに刃を向ける。

キョウゴク　ほう、刃向かうというのか。
ラギ　ええ。
シレン　やめて、ラギ。
ラギ　あなたは知らないんだ。彼女がどれだけのものを捨てて、使命をまっとうしているか。

それを自分の都合で使い捨てにするような真似は許せない。
キョウゴク　同情か、それはそこの女が一番嫌う事だぞ。
ラギ　その言葉はもう言われました。嫌われようがかまわない。俺は俺がしたいようにする。
キョウゴク　愚か者が。

と、キョウゴク、打ちかかる。ラギ受ける。
が、キョウゴクの剣が一閃、ラギは腕に手傷を受け、刀を落とす。一緒にミサギがくれた守り袋も落とす。

シレン　ラギ！
ラギ　あなただけでも逃げて！
ダイナン　無駄なあがきだ！

と、キョウゴクとダイナンに斬られるラギ。
シレン、ラギをかばう。

シレン　キョウゴク様、本気で我が子をお手にかけるつもりか！　それでも人の親か！
キョウゴク　黙れ！　暗殺者が偉そうに！　狼蘭如きが知ったような口を叩くな！
シレン　‼

ラギとシレンに剣を向けるキョウゴク。

シンデン　待て。二人を殺すのははやい。捕らえて、審問しよう。

ダイナン　おいおい。キョウゴクがこっちについたのに、今更下っ端に何を聞くことがある。

そこにゴダイとそれを止める女官の声が聞こえる。

ゴダイ（声）あれはナナイだ。ナナイの声だ。

女官（声）お待ちください、ゴダイ様。

と、進むゴダイと止める女官がもつれあいながら現れる。

ゴダイ　（シレンを見つけ）ナナイ！　ナナイだ！　お前達、ナナイに何をしている！

モンレイ　落ち着いてください、ゴダイ様。

と、キョウゴク達の注意がゴダイにそれる。

その隙に、懐から煙り玉を出すシレン。

シレン　ラギ！

と、突然ラギに口づけするシレン。

ラギ　！

シレン　息を止めて！

敵の真ん中に煙り玉を投げるシレン。
そこから発した煙に、兵達は苦しみ倒れる。

キョウゴク　毒だ！　煙を吸うな！

シンデン　ゴダイ様！

顔を伏せ離れるキョウゴク、モンレイ、ダイナン。ゴダイを守るシンデン。
キョウゴクはとっさに袖で鼻と口を覆う。
毒煙を吸い、頭がくらくらするゴダイ。
シレンとラギはその隙に逃げ去っている。
と、めまいが直ったゴダイが叫ぶ。

ゴダイ　ナナイ！　ナナイか！

と、一瞬だけゴダイの声が以前のように強く張る。が、すぐに元の弱々しい感じに戻る。

ゴダイ　ナナイ〜。どこ行ったんだよ、ナナイ〜。
キョウゴク　…逃がしたか。（と、ラギが落とした守り袋に気づき拾う）…これは。

キョウゴク、守り袋を捨て、足で踏みにじると再び拾って懐にしまう。
身体がしびれているモンレイ、シンデン、ダイナン。
彼らを見る目が一瞬鋭くなったように見えるが、すぐにまた呆けた笑顔になるゴダイ。

——暗　転——

【第五景】

南の王国のはずれ。ヒトイヌオが用意した隠れ家。寝台で眠っているラギ。様子を見ているシレン。食べ物を持ったヒトイヌオが入ってくる。

シレン　どう。町の様子は。
ヒトイヌオ　普段とまったく変わりません。教団も静かなもんです。
シレン　かえって怖いわね。
ヒトイヌオ　しかし、キョウゴク様が裏切るとは。
シレン　あなたは大丈夫なの。
ヒトイヌオ　心配ないですよ。俺たち下々の密偵は、こっちが報告をあげるだけで。キョウゴク様は俺の顔も知りませんよ。

と、ラギが起きる。

ラギ　父上相手だ、油断しない方がいい。

シレン　起きてたの。
ラギ　…ああ。
シレン　じゃあ、薬を代えるわ。

ラギの包帯をとると、張ってあった湿布を剝ぐシレン。

ヒトイヌオ　（ラギの傷の様子をみる）もう、傷口がくっついてる。なんの魔術を使ったのですか。
シレン　血止めに特殊な糊をまぜて、傷口を接着したの。太刀筋が鮮やかだから、すぐにくっつくわ。今度は化膿止めを加えたから。

シレン、薬を染みこませた湿布を取り替えて包帯を巻く。

ヒトイヌオ　へえ。面白い知識を持ってますね。毒薬使いは薬にも精通しているという噂は本当のようで。
シレン　毒も薬も元は同じ。使い道によって、人の命を救うか奪うか、それだけよ。
ヒトイヌオ　じゃあ、食べ物と着替えはここに。
シレン　わかった。ありがとう。

シレン、自分の荷物を抱えて、部屋を出て行こうとする。

シレン　動けるようになったら、北に戻ってキョウゴクの謀反を知らせて。
ラギ　あなたは？　まさか、まだゴダイを狙ってるんじゃないだろうな。
シレン　…それが私の仕事だから。
ラギ　だって、それを命じた父上は裏切ったんだぞ。
シレン　でも、命令は生きている。前に言ったでしょ。私の誇りを守らせて。
ラギ　だったら俺もだ。ゴダイ暗殺の使命は俺とあなた二人にくだされたものだ。
シレン　…ラギは若いわ。若すぎる。
ラギ　また、それだ。どうして頼ってくれない。さっきの口づけは何だったんだ。
シレン　…え。あ、あれ。あれは、毒消しよ。
ラギ　毒消し。
シレン　さっき投げたのは、シビレカタバミの粉。吸うとしばらく身体がしびれて動けなくなる。
それを防ぐ為に、毒消しをあげたの。
ラギ　でも、そんなものは…。
シレン　血の味がしたでしょ、さっき。唇を噛んで血を出したの。私の血は毒消しだから。
ラギ　血が毒消し。そんなまさか。
シレン　それも狼蘭族の技なの。
ラギ　え。
シレン　狼蘭族の中にもそれぞれ得意技がある。剣技の得意な家系、武道の得意な家系。私は毒

ラギ　使いの家系。子供には幼い頃からいろんな毒を少しずつ呑ませて、耐性をつけてきた。

シレン　小さい子にそんなことしたら、死んじゃうだろう。

ラギ　そうね。でも、生き残れたら、どんな毒も効かなくなる。私のようにね。先祖代々そうやってきた。だから、さっきの口づけに意味はないの。ごめんね。

シレン　…意味はある。

ラギ　え。

シレン　あなたの唇の柔らかさを知った。

ラギ、シレンを抱きしめる。

ラギ　ほら、身体だってこんなに細くて華奢で。あなたは、女だ。だから俺が守る、守りたい。あの口づけは、俺自身の気持ちを気づかせてくれた。

シレン　…ラギ。

と、シレン、ラギから身体を放す。

シレン　…あなたはすがってるだけよ。

ラギ　え。

シレン　そう。私にすがってるだけ。いっぺんに色んな物をなくしたから、今、目の前にあるものにすがりついてる。たまたま、それが私なだけよ。

ラギ　違う。それは違う。

シレン　若いときは、そう思いがちなの。

ラギ　でも…。（と、考え）いや、そうかもしれない。

シレン　…ね。

ラギ　確かに、たまたまあなたがいたのかもしれない。でも、俺はもう、今、目の前にあるものしか信じない。目に見えないものはもういい。今、あなたが目の前にいる。それだけを信じる。

シレンの手を摑むラギ。

ラギ　こんなに細くて小さくて柔らかい手。今、この手を摑んでいるのがたまたまだと言うなら、明日も明後日もずっとたまたまのままでいる。ずっとずっと放さなければ、たまたまも永遠になる。

シレン　…人殺しの手だよ。

ラギ　俺だってそうだ。

が、ラギの摑んだ手ををはなすシレン。

ラギ　どうして。
シレン　…毒を使う時、どうすると思う。
ラギ　え。
シレン　愛するの、相手を。
ラギ　……。
シレン　相手を愛す気持ちが嘘だと、ばれてしまう。だから本当に愛すの。愛しながら少しずつ毒を盛るの。私にとって愛すってことは殺すってことなの。
ラギ　それも子供の時から…。
シレン　そう。だから私には親はいない。一族はいた。生きる術を教えてくれる大人はいた。でも、誰が親なのかはわからない。親への愛も子供への愛もない。狼蘭にとって愛も毒も同じ。道具として使えなきゃ生きていけない。
ラギ　……。
シレン　わかった。そういう女なの。
ラギ　……。
シレン　私はあなたの英雄じゃない。恋人にもなれない。
ラギ　だったら…。
シレン　……。
ラギ　だったら俺が教える。道具じゃない愛を。殺さなくていい愛を。ただ、相手を信じることを。

シレン　そんなことしたら私が私じゃなくなる。

ラギ　なくなればいい。今までのあなたなんていなくなっていい。でもあなたの手は俺が掴む。あなたの身体は俺が抱いている。あなたの心も、きっと俺が取り戻す。

とシレンを抱きしめる。

ラギ　俺が変える。あなたの世界を。

ラギ、シレンに口づけをする。
唇を放しラギを見つめるシレン。
シレン、ふっと微笑む。

シレン　…信じてみようかな。

もう一度抱きしめるラギ。シレンの腕がラギに回る。
抑えていた二人の情熱が、一気に解き放たれるように、お互いの心と体を求め合う。

×　　×　　×

教団本部。
キョウゴクとダイナンが待っている。奥のゴダイの部屋から、モンレイとシンデンが出てくる。

キョウゴク　シンデン、ゴダイ様のご様子は。

シンデン　やっとお眠りになった。

ダイナン　ナナイ、ナナイとうるさかったからな。

シンデン　しかし、彼女が暗殺者だったとは。今でも信じられんよ。

ダイナン　そりゃそうだ。キョウゴクが見込んだ女だ。超一流に決まってるじゃねえか。南の教団の連中だますくらい訳はねえぜ。って、俺たちか。

キョウゴク　ダイナン。（と、たしなめる）

モンレイ　あー、まだ身体がしびれる。ほんとに忌々しい女だわ。キョウゴク、なんとしても捕えなさい。私の目の前であの女の首掻き切って。でないとお前のことを、味方とは認めない。

ダイナン　お任せください、モンレイ様。キョウゴクがその気になれば、一年365日、毎日一つずつあなたの枕元にナナイの首、並べてごらんに入れましょう。

モンレイ　いらない。そんなにはいらない。第一、ナナイの首は一つだけ。365個は無理。

ダイナン　無理を可能にする男、それがキョウゴク。

キョウゴク　ダイナン、もういい。気持ちは有難いが、お前が何か言うたび、どんどん俺の立場がまずくなる。

ダイナン　え。

キョウゴク　モンレイ様、ナナイは必ずゴダイ様の命を狙ってきます。
シンデン　命じたおぬしがこちら側についたのにか。
キョウゴク　あ奴はそんなことは気にしない。与えられた命令を確実にこなす。それが暗殺者狼蘭族の怖さ。
モンレイ　なに、北の軍隊自慢？
キョウゴク　いえ。事実をのべているだけ。
モンレイ　（シンデンに）そういえば、あなた、昔からえらくナナイに肩入れしてたわね。
シンデン　わ、私はただ、ゴダイ様がお喜びになるので。
モンレイ　どうかしら。
シンデン　そんな。私の教団への忠誠心は、一度たりとて揺らいだことはない！　信じてください‼
モンレイ　そうね。あんたは真面目を絵に描いたような人間だからね。ま、いいわ。
キョウゴク　モンレイ様、どうせ刺客に狙われるのであれば、こちらから先にいぶり出すという策はいかがでしょうか。ちょうど、ノジレ川の桜も見頃。ゴダイ様は川沿いの桜のご見物に出かけられては。
モンレイ　ゴダイ様に囮になれってこと。
キョウゴク　それが敵をおびきよせる一番はやい方法かと。
ダイナン　警備は俺達にお任せください。
モンレイ　確かに、寄ってくるハエは早めに打ち殺したいわね。わかったわ。桜見物ならばゴダイ様もお喜びになるでしょう。手はずはまかせます。

と、立ち去るモンレイ。
ダイナン、キョウゴクにそっと囁く。

ダイナン　場は作ったぞ。あとは俺とお前の頑張り次第だ。

ウインクすると去るダイナン。
残るシンデンとキョウゴク。

シンデン　…あのナナイが暗殺者とは。俺にはまだ信じられない。あいつはゴダイ様にほんとに尽くしたんだぞ。

キョウゴク　いくら貞淑の顔をしていても、その裏で何を考えているかわからん。それが女というものだ。

シンデン　お前…。

キョウゴク　もちろん、男が好きだという意味ではない。

シンデン　誰もそんなことは言ってない。

キョウゴク　なら、いいが。

シンデン　しかし、俺は嬉しいぞ。いろいろあったが、こうやってお前が戻ってきてくれて。思い出すなあ、俺たちが集まってすぐの頃だ。ゴダイ様がいて、ソンシもまだ生きていて、俺とお前とダイナン、モロナオ。みんなで新しい国を作ろうとしていた。楽しかったなあ、あの頃は。

キョウゴク　過去に逃げ込んでも、何も生まれんぞ。

シンデン　わかってる。わかってるさ。それでもなあ、あのラギという若者がお前に刃を向けた時、昔を思い出してしまった。

キョウゴク　昔？

シンデン　ああ。お前達がゴダイ様と袂を分かったときのことを。あの若者と同じようにぎらぎらした目で、俺たちに刃を向けた。やはり親子だな。ラギという男、あの頃のお前によく似ていたよ。

キョウゴク　そんなはずはない。

シンデン　…え？

キョウゴク　くだらないことを言うなと言っている。

シンデン　あ、ああ。

と、そこに姿を見せるミサギ。

ミサギ　父上。

キョウゴク　おお。（シンデンに）ではここで。

と、シンデンと別れミサギと二人になる。

ミサギ　……。
キョウゴク　どうした。
ミサギ　兄上と戦ったというのは本当ですか。
キョウゴク　ああ。
ミサギ　なぜ。
キョウゴク　奴も一人前の男だ。自分の判断で俺に敵対すると決めた。ならば、全力で立ち向かってもらう。それが侍というものだ。
ミサギ　そんな。
キョウゴク　これを見ろ。（と、ボロボロの守り袋を見せる）
ミサギ　それは…。（受け取り）ひどい、ボロボロ。
キョウゴク　そうだ。奴は、俺の目の前でこれを捨てて踏みにじって行った。あいつは俺もお前も家族のことを捨てたのだ。
ミサギ　にいさまが…。
キョウゴク　奴はもう、お前の兄ではない。
ミサギ　信じられない。あのにいさまが…。

泣き出すミサギ。その肩をそっと抱くキョウゴク。

キョウゴク　お前には俺がいる。俺が必ずお前を守る。この父はお前のためにいる。そう思え。

ミサギ、キョウゴクの胸に顔を埋める。優しく抱きしめるキョウゴク。

キョウゴク　…お前は本当に美しい。（彼女の髪をなでながら）…兄を殺す羽目になっても俺を恨むなよ。すべてはお前の為だ。

身体をはなしキョウゴクの顔を見るミサギ。

ミサギ　…お父様。

静かにミサギを見つめるキョウゴク。一瞬、得体の知れぬ恐怖に襲われるミサギ。

×　　×　　×

シレンとラギの隠れ家。
寝台の上で掛け布にくるまっているシレン。ラギは、上半身裸で剣を振るっている。腕に湿布。

ラギ　よし。（と、湿布を剥ぐ）もう、ほとんど痛まない。すごいな、シレンの薬は。
シレン　ラギが若いからよ。うらやましいわ。
ラギ　君だって。

微笑むシレン。

と、ラギ、シレンに軽く口づけする。

シレン、掛け布で身体をくるむと寝台から出る。側に屏風がある。その陰に入り着替えをする。ラギも、服を着る。

そこに入ってくるヒトイヌオ。

ヒトイヌオ　よろしいですか。
ラギ　どうした。
ヒトイヌオ　教団に動きがありました。ゴダイが明日、花見をするそうです。
ラギ　花見？
ヒトイヌオ　ゴダイの全快祝いにノジレ川の桜見物だそうで。お忍びらしくて、行くのは十人。
ラギ　よくわかったな。
ヒトイヌオ　台所番の連中が井戸端でペラペラと。豪勢な弁当が五つと、簡単なにぎりめしが五つ。おそらく、ゴダイにかみさんのモンレイ、それにシンデン。
ラギ　警護にキョウゴクとダイナン。あとは彼らの車を引く兵が五人か。

ヒトイヌオ　ま、そんなところでしょう。奴ら、俺のことをイヌだと思ってるから、内緒話を平気でしゃべるしゃべる。
ラギ　…それはわざとしゃべってるんだよ。
ヒトイヌオ　え。
ラギ　俺達をおびき寄せてるんだ。

着替えを終えたシレンが出てくる。

シレン　行くしかないわね。
ラギ　まだ、やるつもりなのか。
シレン　ええ。
ラギ　でも、君は。
シレン　これだけはけりをつけないと、新しい世界は見えない。
ラギ　…シレン。
シレン　これが最後の仕事。だから、手伝って。
ラギ　…わかった。必ず俺が守る。
シレン　(ヒトイヌオに) 今までありがとう。やばくなったら、とっととこの国から逃げなさい。
ヒトイヌオ　もちろん。鼻は効きますから。イヌだけに。
ラギ　確かにな。

シレン　じゃ。

二人、荷物を持ち出かける。

ヒトイヌオ　…ご武運を。

――暗　転――

【第六景】

ノジレ川沿い。奥は崖になっていて、その下を川が流れている。
満開の桜。ゴダイとモンレイが歩いている。
その後ろを行くシンデン、キョウゴク、ダイナン。
と、ゴダイ、飛んでいる虫が気になって目で追っている。ゴダイ、虫を手でつかむ。

モンレイ　とらない。

ゴダイ、それを口に入れる。

モンレイ　食べない。

ゴダイ、口をあけると虫は中にいた。飛んで逃げる虫にバイバイするゴダイ。屈託のない笑顔のゴダイ。

モンレイ　あー、偉い偉い。
キョウゴク　こっちの王も、虫を食うのか。たまらんな。
ダイナン　切ないよなあ、あのゴダイ様があの体たらく。まったく北の連中が毒なんか飲ませるから。あ、お前のせいか。
キョウゴク　わざと言ってる？
ダイナン　気にするな気にするな。人生、ここから引き返しだ。
キョウゴク　巻き返しだろう。引き返してどうする。

考え込んでいるシンデン。

ダイナン　どうした、シンデン。
シンデン　なあ、キョウゴク、そう言えばあの時の…。

言いかけるがゴダイの言葉に、シンデンの言葉は途切れる。

ゴダイ　なあ、ナナイはどこにいる。
モンレイ　もうすぐですよ、ゴダイ様。
ゴダイ　どこに隠したんだよ、ナナイを。
モンレイ　隠してませんよ。私達はゴダイ様の味方です。

ゴダイ　じゃあ、なんで会わせてくれないんだよ。
キョウゴク　そうあわてることはない、ゴダイ様。すぐにナナイには会えますよ。ただ、待ち合わせ場所には、ゴダイ様に先に行っていただくことになりますが。
ゴダイ　ん？
キョウゴク　一足先に、地獄でお待ち下さい。必ずナナイもそこに送りますから。
モンレイ　あなた達どういうこと？
シンデン　キョウゴク、ダイナン、まさか。
ダイナン　出ろ、お前達。

と、それを合図にダイナンとキョウゴクの手下達が現れる。
その中には、トキとアカマの姿もある。

ダイナン　モンレイ、俺はずっと我慢してた。ゴダイの遺志を継いでお前ら一族が、この教団を率いて、北を駆逐するってな。でもな、ゴダイが目覚めて、そんな腑抜けになっちまって、それをいいように操ってるお前を見てやっと気づいたんだ。このままじゃあ、この国はてめえら一族に食い物にされるだけだ。だったら、俺が、俺とキョウゴクで作り直す。もうお前らゴダイ教の力は借りねえ。
シンデン　やめろ、ダイナン。
ダイナン　シンデン、お前もよく考えろ。本当にこの国のためになるには、どっちについた方がいいか。
キョウゴク　バカでなければそこで見ていろ。すぐに終わる。
ダイナン　やれ。

と、モンレイに襲いかかる兵。

モンレイ　ひいいいい。

と、兵のうちの二人が首を押さえて倒れる。吹き矢を構えたシレンが現れる。彼女の毒吹き矢でやられたのだ。

ダイナン　出やがったな、ナナイ。

と、打ちかかろうとするダイナンの剣を受けるラギ。

ダイナン　ふん。小僧もあぶり出されたか。
トキ　ラギ！　キョウゴク様に逆らう気か。
アカマ　バカな真似はやめろ。
ラギ　トキにアカマ、お前達まで…。父上、北を裏切り教団も裏切り、何を考えているのですか。

キョウゴク　そうだな。俺は、俺の国を作る。
ダイナン　そうだ。キョウゴクと俺の国をな。
トキ　ラギ、詫びろ。キョウゴク様に詫びてもう一度仲間になれ。
アカマ　俺達が殺し合うことはない。な、ラギ。
キョウゴク　それは駄目だ。シレンとラギには俺達の王国の礎《いしずえ》になってもらわねばならない。

と、刀をラギに向けるキョウゴク。

キョウゴク　ゴダイとモンレイを囲んでおけ。先にこの二人を始末する。
ダイナン　おう。逃がしゃしねえよ。

ダイナンと兵達、ゴダイとモンレイを囲む。

ダイナン　それ以上奥に行くと川に落ちるぜ。そこでおとなしくしてな。
モンレイ　あんた達は…。
シレン　…ゴダイとモンレイを殺し、それを北の暗殺者のせいにする。あなた達は暗殺者を倒し、ゴダイに代わって南を統治する。そういう筋書きですか。もってまわってて、実にあなたらしいわ。

ラギ　…父上。なぜ。
キョウゴク　俺は生き延びなければならないんだよ。絶対に。
ラギ　父上！
キョウゴク　そう、がなるな。いい機会だから言っておこう。俺はお前の父親ではない。
ラギ　なに。

トキとアカマも驚く。

シンデン　！
キョウゴク　お前が赤子の時に、そこのシンデンが俺に預けたのだよ。どうしても南では育てられない子だとな。それから、ずっとお前を鍛え上げた。ミサギを守らせるつもりだったのだがな。
ラギ　…そんな、ばかな。

と、動揺するラギ。打ちかかるキョウゴク。その剣を受けるシンデン。

シンデン　まて、キョウゴク。じゃあラギは。
キョウゴク　邪魔をするな、シンデン。お前まで死にたいか。
シンデン　お前、あの赤子を自分で育てたのか！

キョウゴク　ようやく気づいたか。
シンデン　だめだ。ラギは殺させない。殺しちゃいけない。

一同、シンデンの言動に「なぜ？」となる。

キョウゴク　今更、昔にこだわると己の命をなくすぞ。

シンデンの刀を弾き飛ばすキョウゴク。
その時、ゴダイの声が響き渡る。

ゴダイ　その辺にしておけ、キョウゴク！

その響きはしっかりとしたもの。目の輝きも堂々たる立ち居振る舞いも、教祖の時のゴダイに戻っている。

ゴダイ　人がぼんやりしてると思って、随分好き勝手やってくれるじゃねえか。
ダイナン　ゴ、ゴダイ…様。
ゴダイ　そうだよ、お前らの教祖のゴダイだよ。どうした、ダイナン。その刀で俺の首掻き切るんじゃなかったのか。

と、ダイナンを殴り飛ばすゴダイ。

ゴダイ　てめえに俺が斬れるか！

モンレイ　あなた。正気に戻られたのですね。よかった、ほんとによかった。（と、すがりつく）

ゴダイ　おう、モンレイ。心配かけたな。だけど、抱きつく相手を間違えてるんじゃねえか。そうか、お前が乳繰り合ってるショウニンがいねえから、今日は俺が奴の代わりか。

モンレイ　そ、そんなことは。

と、すがりつくモンレイを振り払い、シレンの前に立つゴダイ。

ゴダイ　よ。

シレン　…いつ、いつ正気を取り戻したの。

ゴダイ　こないだお前を見た時だよ。なんかお前、煙玉投げただろ。あの時に頭にかかっていた霞がスウッと晴れていった。

シレン　そうか。…毒が、毒消しの働きを…。

キョウゴク　だったら今までなぜ隠していた。

ゴダイ　決まってるじゃねえか。こいつに会う為だよ。（とシレンを抱き寄せる）お前らが無い知恵絞って、俺の為にナナイを呼んでくれようとしてるんだ。おとなしくのっかってやるのが、上に立つ者の役目だろうが。

キョウゴク　……く。

ゴダイ　会いたかったぜ、ナナイ。何年経った？

シレン　20年よ。

ゴダイ　そうかあ、そんなにたったか。でも、お前は綺麗だ。20年前とちっとも変わらねえ。

シレン　（ゴダイから離れて）そうね。私は変わらない。あの時と。

ゴダイ　それは、今日も俺を殺しに来たって事か。

シレン　そういうことね。

ラギ　シレン。

と、シレンを守るラギ。

シンデン　よせ、ラギ。ゴダイ様は、お前の父上だ。

驚く一同。

ゴダイ　そうか、そういうことか。

シンデン　はい、御子《みこ》はお守りしました。

ゴダイ　ああ、そうか。シレン、妙な縁だな。ここに親子三人揃ったぞ。

シレン　親子？　まさか！

シンデン　ああ、そうだ。ラギこそお前とゴダイ様の御子。モンレイ様に命を絶つように命じられたが、俺が北に、キョウゴクのもとに逃がしたのだ。

愕然とするシレンとラギ。

シレン　そんな…。彼が私の？

シンデン　ああ。立派に育ったゴダイ様の跡取りだ。

モンレイ　騙したわね、シンデン。

シレン　（ゴダイに）じゃあ、あなたがあの赤子を生かせと…。

ラギ　…シレン。

シレン　私…。私達、なんてことを…。

ラギ　嘘だ！　嘘に決まってる！　あなたは俺の母さんなんかじゃない！

風が吹く。ハラハラと桜が舞う。

二人の様子を見て悟るゴダイ。

ゴダイ　…お前達、畜生道に落ちたか。

キョウゴク　なに？
ラギ　言うな！　言うな!!　来い、シレン！

と、シレンに手を伸ばす。が、シレンはその手を弾く。

ラギ　シレン！
シレン　来ないで！

と、ラギが伸ばす手を避けるように、ジリジリ崖の方に下がるシレン。

シレン　…やっぱりこの手は血に染まってる。こんな手摑んじゃいけなかったんだよ、あなたは。
ラギ　…待て、シレン。待ってくれ。
キョウゴク　そういうことか、この外道が。畜生ならば、地獄におちろ。

と、シレンに斬撃。

シレン　ぐ！
ラギ　シレン！

桜吹雪の中、崖から落ちるシレン。

ラギ　シレン！　シレーン‼

後を追おうとするラギ。その手をゴダイが摑む。

ゴダイ　所詮この世は生き地獄だ。お前は今やっと、この世の入り口に立ったんだよ。

ラギ　貴様あああ‼

天地を裂くラギの絶叫。
突然、ブツリと暗闇になる。

――第一幕　幕――

——第二幕—— 悲恋と la vie

【第七景】

北の王国。

ギチョクとヤマナが兵を挙げて、ギセンとトウコの屋敷を攻めている。

ギチョク　よいか。倒すはギセンとトウコのみ。ほかの者は逃がしてやれ

ヤマナ　ギチョク様、それでは甘いのでは。

ギチョク　いや、これでいい。今回の乱は今の国王のやり方に異を唱えるのが目的。無益な殺生は本意ではない。

それを遠目に見ているモロナオとモロヤスとヨリコ。

モロヤス　始まったぞ、兄者。

モロナオ　ヤマナがすでに我らに寝返っているとも知らず、奴の言葉にのって王殺しをやってくれればこっちのものだ。

その言葉にのせて「俺がヤマナだ」と手を上げ客席にアピールするヤマナ。

モロナオ　このあと、ギチョクを我らが倒せば、むしろ我らは主君の仇をとる忠義の家臣。ギチョクとギセンを廃し、主君殺しの汚名を着ずに幕府も手に入れる。一石二鳥にも三鳥にもなるというわけだ。

ヨリコ　さすがあなた、素敵。

ギチョクとヤマナ、奥の間に。
屏風を倒すとその陰に隠れているトウコとギセン。ギセンは昆虫標本の箱を大事そうに抱えている。

トウコ　ギチョク、気でも狂ったか。

ギチョク　狂っているのはおぬしのほうだろう。いつまでそのギセンにこの国の重荷を背負わせるつもりだ。

トウコ　ソンシ様の御子であるギセンが王であるのが、なぜおかしい。

ヤマナ　ゴダイが蘇りキョウゴクが裏切った今、南の教団から我が北の王国を守るのに、そんなバカが国王でつとまると思うか。

ギセン　おうおう。（と、嬉しそうに手を上げる）

ヤマナ　ほめてない。

ギチョク　国のため、泣いてギセンを斬る。覚悟しろ、ギセン、トウコ。
トウコ　やめてー、私だけは斬らないで。
ヤマナ　おい。
トウコ　え。
ヤマナ　そこは子供を守れよ。「私の命はいい。息子だけは助けて」だろう。
トウコ　えー。
ギチョク　あー、もー、どっちでもいい。いずれにしろ、ここまでの命。死ね！（刀を振り下ろす）

ギセンの昆虫標本の箱が斬られて壊れる。

ギセン　あ！　あー！　虫が。虫がー!!
トウコ　この期に及んで虫など。お前の命が危ういのですよ。
ギチョク　その通りだ。叔父を恨むなよ、ギセン。
ギセン　虫…。（怒りの目でギチョクを見る）虫、戻せ、虫。返せ、虫。
ギチョク　死ね！
ギセン　お前が死ね！

と、ギチョクを殴り倒すギセン。

ギチョク　え。（呆気にとられる）
ギセン　死ね！　死ね！　死ね！

と、ギチョクに拳を連打。
モロナオとモロヤスも意外な強さに驚く。

ヤマナ　つ、強い。
ギチョク　ば、ばかな。（と殴られる）こんなバカに（殴られる）この儂が（殴られる）。今、目にもの（殴られる）見せてくれるわ（殴られる）
ヤマナ　目茶苦茶やられてますよ。
ギチョク　ええい、喰らえ！

と、振り下ろす刀を真剣白刃取りするギセン。

ギチョク　えええ。

その刀を奪い、逆にギチョクを斬るギセン。

ギセン　死ね‼

ギチョク絶命。

ギセン　うへへへへ。（と、虫を捕ったときと同じ笑顔）
トウコ　すごい。ギセン、すごいわ。
ヤマナ　えええ。（と、腰が引け）者ども、かかれ、かかれ！

と、ギセンに襲いかかるギチョクの兵。

ギセン　死ね！　死ね！　死ね！

と、兵を無邪気に惨殺していくギセン。ためらいがない分、戦い方はひどい。
ヤマナはすっかりおじけづくと、モロナオ達が見ているの気づく。

モロナオ　なんで、あんなに強いんだ。
ヤマナ　あ、モロナオ様
モロナオ　ばか、こっち来るな。
ヤマナ　お、お助けください、モロナオ様。
モロヤス　あっちいけ。
ギセン　あ、モロナオ。

抜き身の刀片手にニコニコしながらやってくるギセン。

ギセン　おす、モロナオ。おす、モロヤス。おす、小さい人。

三人、おずおずと「オス」と手を上げる。

ギセン　お前達も死ぬ？

と、刀を構える。

モロナオ　め、滅相もない。
ギセン　…めっそう？
モロナオ　あ。い、いやでございます。
ギセン　えー。（と、不満そう）
モロナオ・モロヤス・ヨリコ　ご、ごめんなさいー。

と、ヤマナをあわせて土下座する四人。

ギセン　おれ、一番？　一番強い？
モロナオ　一番でございますとも。
ギセン　やったー。じゃ、虫、くれる？
モロナオ　喜んで。
ギセン　やったー。
トウコ　おお、ギセン、やったな。さすが我が息子。
モロナオ　しかし、お強い。どこでその技、覚えられて。
ギセン　ん？　キョウゴク。
モロナオ　あの男、余計な真似を…。
モロヤス　どうするんだよ、兄者。
モロナオ　こうなれば予定変更だ。今は、とりあえずギセン王を押し立てていく。ギセン王、ばんざーい。
モロヤス　ばんざーい。
ギセン　おお、おおー、ばんざーい。

一同、万歳をする。と、遠くから人々の「ばんざーい」という声が聞こえてくる。
と、南の教団の人間達が行進してくる。

教団員達　ロクダイ様ばんざーい。ロクダイ様ばんざーい。

教団員達、手に刀を持っている。
教団員、「ロクダイ様ばんざーい」と言いながら、北の兵士を斬り殺していく。北の兵士が攻撃しても、起き上がってまた殺す。みんなトランス状態になっている。
物見の兵が報告にくる。

兵士　申し上げます。南の教団員達が国境を越えて我が国に侵入してきます。
モロナオ　南が攻めてきたか。
兵士　奴ら、攻撃されることを恐れずに、むしろ斬られることを望むように向かってくるので、こちらの兵はみんな脅えてしまっています。
トウコ　何を考えてるの。
モロナオ　それも、ゴダイの仕業か。
兵士　いいえ。みんな口々に「ロクダイ様、ばんざい」と。
モロナオ　ロクダイ？　何者だ、そいつは。

呆然とするモロナオ達、北の王国の人々。
やがて、「ロクダイ様ばんざい」と連呼する南の教団員達の中に飲み込まれ、姿を消す。

×　　×　　×　　×

南の王国。

教団員達が「ロクダイ様」「お救いを」と集まっている。その人垣を割って出てくる〝ロクダイ様〟と呼ばれる教祖、それはラギであった。白いケープのようなものを羽織っている。隣にはシンデンがついている。

ラギ　愛しなさい、愛しなさい。それがこの世のすべてです。

ラギの周りでは、男女がお互いの身体をまさぐり絡め合っている。その中には、セモタレとコシカケもいる。

ラギ　人は皆、不完全な形で生まれてくる。一つの完全な心と体が二つに分けられて、この世に生を受ける。人の人生、それは、分けられたもう一人の自分を探すこと。そして、その片方を見つけ、触れあい分かり合い一つになった時、本当の愛を知る。そのアイこそ——コロシアイ。

教団員達、歓声を上げる。

ラギ　アイしなさい、コロシアイしなさい。愛する者の息の根を止める。幸福です。愛する者に息の根を止められる。幸福です。二人愛し合い、殺し合いし合う。それこそが至高の愛。さあ、みんな、国境を越えよう。アイの前に国境はない、コロシアイの前に国境はない。

セモタレ　愛の前に国境はない！

コシカケ　殺し合いの前に国境はない！

ラギ　アイを知らぬ者にコロシアイを教えてあげましょう！

「おおお」と歓声をあげる教団員。その手に短刀がきらめく。

ラギを中心に教団員達が進もうとすると、キョウゴクとダイナン、トキとアカマが立ちふさがる。

キョウゴク　調子に乗るな、ラギ。

コシカケ　出たぞ、異端者だ！

セモタレ　異端者のキョウゴクとその一味だ。

ダイナン　キョウゴクとダイナンとその一味だ。俺を忘れるな、ボケ！

シンデン　ロクダイ様に反旗を翻すつもりか。

キョウゴク　こんな戦略無き進軍で、北の軍隊に勝てると思うか。これでは、ただ死にに行くようなものだ。

ラギ　その通り。ただ、死にに行くのです。

キョウゴク　それでは教団は滅ぶぞ。そんな男を教祖にしていていいと思うのか、シンデン。

シンデン　しかし、ゴダイ様が選ばれたのはロクダイ様だ。

ラギ　その通り。私は、ゴダイよりこの教団を受け継いだ。私の教えはゴダイの願いだ。
ダイナン　てめえがゴダイを殺しておいて何を言う。
ラギ　それこそがゴダイ様の教え。お前達も知っているだろう。あの時、何が起こったか。

と、一幕ラストからの回想。ケープを脱ぐと、下に着ていたラギの服は当時のもの。
あの日何が起きたかが蘇る。

× × × ×

花見の日。
ラギ出生の真実を知る一同。
ラギが伸ばす手を避けるように、ジリジリ崖の方に下がるシレン。

キョウゴク　畜生ならば、地獄におちろ。

と、シレンに斬撃。

シレン　う！
ラギ　シレン！

桜吹雪の中、崖から落ちるシレン。

ラギ　シレン！　シレーン‼

後を追おうとするラギ。その手をゴダイが摑む。

ゴダイ　所詮この世は生き地獄だ。お前は今やっと、この世の入り口に立ったんだよ。

ラギ　貴様ああああ‼

ラギ、その剣をキョウゴクに向けようとする。と、ゴダイ、ラギをぶん殴る。

ゴダイ　刀を向ける相手が違うだろう。お前が殺しに来たのは俺じゃなかったのか。

ラギ　え…。

ゴダイ　そうだ。お前のその気持ち、そんな奴にぶつけるのはもったいない。俺の腹にたたき込め。

困惑するラギ。シレンのことが気になるが、ゴダイの迫力に惹かれ、その場を動けない。

モンレイ　あなた。

ゴダイ　嬉しいねえ。今更あなたと呼んでくれるか。だったら、黙ってみてな。

ダイナン　ゴダイ！

キョウゴク　よせ、ダイナン。

ゴダイ　キョウゴク、いつもの賢《さか》しら顔か。ラギが俺を殺すなら、それもいい。そのあとにこいつを殺《や》る方が簡単だ。そう思ったな。

キョウゴク　……。

ゴダイ　でも、てめえが思うとおりに運ぶかな。この男は、お前が思う以上に手強いぜ。なにせ、お前が越えられなかった壁を越えて地獄を見たんだ。

キョウゴク　…何を言っている。

ゴダイ　てめえの腹に収めている欲望の泥水くらい、ほうけていても丸わかりだ。

キョウゴク　貴様。

ゴダイ　俺の息子に俺を殺しにいかせる。俺が死んでもラギが死んでもどっちでもいい。それがお前の考えだ。だが、なんでラギがそこまで憎かったか。お前とミサギを見てたらそいつも腑に落ちたぜ。

キョウゴク　黙れ、くたばりぞこない！（と、血相を変え刀を構え）だったら二人一緒に、もう一度地獄巡りするがいい。

と、打ちこもうとしたとき、ゴダイの後ろにセモタレ、コシカケ等の多くの信徒達が現れる。

シンデン　こ、これは。

モンレイ　お前達、いつの間に。

セモタレ　こっそりここに潜んでいろと、ゴダイ様がお命じに。

コシカケ　ゴダイ様は俺たちがお守りします。

キョウゴク　貴様、俺たちの謀反を察していたのか。

ゴダイ　信徒の考えを見抜くのは、教祖にとっちゃ屁でもねえや。

キョウゴク　そこまで俺をこけに。

ゴダイ　キョウゴク、てめえの刀じゃ、俺を斬るのは無理だ。そんななまくらじゃあ、悪縁も煩悩も何一つ断てやしねえよ。それを悟って北に逃げたと思っていたが、その身を焦がす欲望にせっかく摑んだ悟りも見失っちまったようだな。いいから、黙って見てろ。

キョウゴク　そうはいかん。

と、動こうとするキョウゴクとダイナンを一喝。

ゴダイ　ゴダイ教の大教祖、ゴダイ様が黙って見てろって言ってんだ。無縁の衆生《しゅうじょう》はひっこんでろ！

ゴダイと後ろの信者達の圧力に身動き出来ない一同。

ゴダイ　（ラギに）どうだ、シレンは。
ラギ　え。
ゴダイ　いい女だっただろう。
ラギ　…言うな。
ゴダイ　色が白くて柔らかくて…。
ラギ　よせ。
ゴダイ　でもその柔らかさの中に芯が一本通っててなあ。あんな抱き心地の女は滅多にいねえ。
ラギ　黙れ。
ゴダイ　ああ、こうして見ると、シレンによく似てるよ。確かにお前は俺とあいつの息子だな。
ラギ　やめろおお‼
ゴダイ　さあ、こい。ラギ！　お前とシレンがやりたかったことをやってみろ！

と、手を広げるゴダイ。

ラギ　うおおおおお！

斬りかかるラギ。かわしてぶん殴るゴダイ。

ゴダイ　足りねえなあ。おい、シンデン。刀、よこしな。
シンデン　え。
ゴダイ　よこせ。

と、シンデンの剣をとるゴダイ。
ラギ襲いかかる。剣で打ち払うゴダイ。

ゴダイ　さあ、どうした。

襲うラギ。ゴダイの剣に傷つく。

ゴダイ　いてえか、いてえよな。てめえにアイをくれてやるよ。アイはアイでもコロシアイだけどな。
ラギ　く。
ゴダイ　なんだなんだ、しっかりしろ。てめえはいったい何のためにその剣を持っている。
ラギ　…俺にももう何が何だかわからない。ただ…、ただ、あの人の誇りを守るために。
ゴダイ　お前のちっぽけな手で、あいつの誇りが支えられるか。そんなに奴の誇りは小さいか。
ラギ　俺の手は彼女を摑んだ。しっかりとこの手で抱きしめた。

剣を向けるラギ。

ゴダイ　それがどういうことかも知らずにな。

ゴダイ、軽く笑う。ラギ突っ込む。ゴダイ、その剣を打ち落とす。ラギ、ゴダイの腕を摑む。

もみあう二人。決して美しい戦いではない。ゴダイに殺されると恐怖するラギ、必死でゴダイの剣を奪う。

ゴダイ　どうした。おふくろには突っ込めても親父には突っ込めねえか。てめえの男はよお。

ラギ　うおおおお！

ゴダイの腹に剣を突き立てるラギ。

シンデン　ゴダイ様！

ラギを見つめるゴダイ。

ゴダイ　…そうだ。おふくろとやり、おやじをやる。それがお前の地獄だ。地獄を知らなきゃ、

ラギ　極楽の道は見えねえよ。
ゴダイ　！
ラギ　（ラギの手をとり、上に上げる）みんな、聞け。こいつが新しい教祖のロクダイだ。お前達の地獄はこいつが背負ってくれる。
なに⁉

教団員たち歓声。

ゴダイ　いいか、みんな。こいつを崇めろ、こいつに従え。
教団員達　ロクダイ様を崇めます！　ロクダイ様に従います。
ゴダイ　逆らう奴は殺《あや》めろ。逆らう奴は虐げろ。
教団員達　逆らう奴は殺めます！　逆らう奴は虐げます！
ゴダイ　崇めろ、従え。殺めろ、虐げろ！
教団員達　崇めます、従います。殺めます、虐げます‼
ラギ　よせ、俺はそんなつもりはない。
ゴダイ　しょうがねえな。それがお前の因果だ。

教団員達がラギの周りにすがるように集まる。

ゴダイ　ま、そういうことだ。

と、ゴダイがラギの顔をなでる。ゴダイの血がラギにつく。

ゴダイ　ありがとよ。

倒れるゴダイ。

シンデン　ゴダイ様！

教団員達、ゴダイを取り囲みその姿は消える。

モンレイ　あなた！　あなたあ‼

そのあとを追い、モンレイも消える。

×　　×　　×

回想が終わる。

ラギは血まみれのまま。

ラギ　お前達には見えるだろう。私はあの時から血まみれのままだ。ゴダイの血は洗っても洗っても落ちはしない。さあ、みんな、進もう。アイはコロシアイだ。
キョウゴク　そうはさせん。
シンデン　やめろ、キョウゴク。今、我らがいがみ合ってどうする。

と、ミサギが現れ，ラギにローブを着せる。

ミサギ　ロクダイ様、これを。
キョウゴク　ミサギ、こちらに来い。
ミサギ　いやです。私はロクダイ様と一緒にいます。
キョウゴク　そいつは、父を殺し母を犯した男だ。一緒にいても、滅びが待つだけだ。
ミサギ　そんなことはない。
キョウゴク　みんなもよく聞け。その男は教団を滅ぼそうとしている。その男はお前達が憎いのだ。望まずしてゴダイの子に生まれ、お前達を押しつけられた。その男の行く道は滅びの道だ。
ミサギ　でも、救いがある。
キョウゴク　なに。
ミサギ　私はロクダイ様のそばにいる。ただそれだけでいい。

激しくうなずく信徒達。

コシカケ　そうだそうだ。あの時ロクダイ様はゴダイ様からその力を譲られた。自らの手を血に染められたことで。

ラギ、手をコシカケやセモタレにさしのべる。

セモタレ　私たちはその手を愛す。血をもって伝えられた教えには、私たちも血をもって応える。
ラギ　我らの前に道はない。ただ血が流れたところに道ができる。血は、道だ。
キョウゴク　ミサギ、お前のことを父がどれだけ思っているかわからないのか。もはや兄でもないその男につくというのか。
ミサギ　私は私が選んだ道を行きます。
キョウゴク　俺がお前のためにどれだけのものを捨て、どれだけのものを与えようとしているか、わからないのか。お前を一国の女王にしようというのだ。何が不満だ。この父の愛がわからないのか。
ミサギ　そんなこと、私は望んでいない。あなたは私が欲しいものは与えてはくれない。
キョウゴク　俺のそばにいろ。それがお前のためだ。
ラギ　キョウゴク、お前の「のか」は、問いかけではなく押しつけだ。「お前のため」という言葉は、自分のための言葉だ。結局お前は自分のことしか語ってはいない。

キョウゴク　知った口を叩くな！

と刀を構えるキョウゴク。

シンデンと信徒達、一斉に短刀を構える。

ミサギ　ロクダイ様を斬るなら私を先に斬って下さい！

キョウゴク　そうか、わかった。お前もお前の母親と同じ血筋だったと言うことだな。俺を捨て他の男に走ったお前の母親と。

ミサギ　そんな…。

キョウゴク　そんな尻軽女なら未練も無いわ！

ダイナン　…キョウゴク。ここは退こう。

キョウゴク　とめるな。今更、こやつに尻尾を巻くか。

ダイナン　ラギの野郎、俺たちが思ったよりも腹据わってやがる。信徒は死にものぐるいで奴を守るよ。今日は勝ちの目はねえ。

キョウゴク　しかし。

ダイナン　戦《いくさ》上手は逃げ上手、逃げ上手は恋上手って言葉もある。

キョウゴク　そんな言葉、俺は知らん。

ダイナン　今、俺が作った。とにかく来い。

無理矢理キョウゴクを引っ張って逃げ出すダイナン。

トキ　あ、キョウゴク様。
アカマ　お待ちください。

ちょっと躊躇するが、後を追うトキとアカマ。
緊張が解けるラギ。信徒達もホッとする。

ラギ　少し疲れたな。今日はここで休もう。
シンデン　お前達も休め。

三々五々散っていく教団員。

シンデン　ロクダイ様、もう少し対話は出来ませんか。あなたはキョウゴクの言うことに何一つ耳を貸さなかった。
ラギ　この世に耳を貸すにたる言葉などあるか。
シンデン　キョウゴクとダイナンが敵に回れば、教団は存続の危機となります。
ラギ　滅ぶ者は滅ぶ。抗いはできない。
シンデン　…あなたはこの教団をどうされるつもりか。「愛は殺し合い」などと、そんなものは詭

ラギ　弁だ。あなたは、あなたの絶望を教団員に押しつけているだけだ。
シンデン　…お前にそう見えるのは、お前がそう見たいからだ。
ラギ　…私の言葉にも耳を貸せませんか。
シンデン　ああ。
ラギ　…私をお恨みか。
シンデン　お前を？　お前は、自分が私に恨まれるほどの人間だと思っているのか。思い上がるな。
ラギ　そんな…。
シンデン　私に異を唱えるのなら、することは一つだ。教団を去れ。
ラギ　私はただ、あなたと教団のことを思って。
シンデン　シンデン、お前はただ自分のことしか考えていない。ゴダイを支えた忠義の男、ただその姿にしがみついているだけだ。
シンデン　……。

シンデン、黙り、その場を去る。
ミサギがラギに声をかける。

ミサギ　ロクダイ様。お疲れになったでしょう。足をもみましょうか。
ラギ　いいのか。
ミサギ　…父上のことですか。

ラギ　俺は何も与えないぞ。
ミサギ　覚悟しております。

と、ラギ、ミサギに口づけする。ミサギも応える。ラギ、ミサギを抱きしめる。ミサギもむしろ積極的にラギの背中に手を回す。
ミサギの身体をまさぐるラギ。だが、その手が止まる。

ラギ　（顔をあげ）何か感じるか？
ミサギ　（うなずく）
ラギ　…俺は何も感じない。
ミサギ　……。
ラギ　そうだ。あの日から、俺は女が抱けない。俺は誰も愛せない。（ハッとしてミサギを見つめ）お前が本物の妹なら抱けたかな。（薄く笑うが真顔になり）いや、なんでもない。行け。
ミサギ　ロクダイ様、私はあなたを…。
ラギ　愛しているなんて言うなよ。言ったら、俺はお前を殺さなければならなくなる。愛は殺し合いだからな。
ミサギ　……。
ラギ　行け。大丈夫だ。死にはしない。お前や教団を見捨てるようなことはしない。ただ、一人にしてくれ。そうだ。俺の望む死なんて、そんな幸福は訪れない。

静かに去るミサギ。一人うずくまるラギ。

――暗　転――

【第八景】

北と南の国境あたり。
走ってくるキョウゴクとダイナン、トキとアカマ。

キョウゴク　なぜ逃げた。ダイナン。
ダイナン　あそこで戦ってどうなる。いくらお前が腕がたってもあれだけの人数相手に勝てるわけがねえ。
キョウゴク　しかし、奴らはミサギを。
ダイナン　落ち着け。何を血迷っている。お前らしくない。
キョウゴク　俺らしくない？
ダイナン　ああ、そうだ。娘が可愛いのは分かるが、最近のお前は度を超している。
キョウゴク　お前に俺の何が分かる。
ダイナン　なんでもだ。お前のことならなんでも分かる。
キョウゴク　なんでもだと。
ダイナン　ああ。俺がどれだけ、お前のことを見ていたと思う。

キョウゴク　偉そうに言うな。ずっと北と南に別れていたではないか。

ダイナン　離れていても俺はお前を見ていた。ずっとずっと見ていた。

キョウゴク　お前、まさか密偵を。（と、トキとアカマを睨む）

トキ　違う違う。

アカマ　とんでもありません。

ダイナン　密偵なんかいらん。目をつぶればそこにいた。俺のキョウゴクはこの瞼の裏に焼きついて離れない。何をしているか、何を考えているか、目をつぶれば手に取るようにわかる。（目をつぶり）あ、今、俺のことを考えて頬を染めた。あ、今、遠い異国の俺に向かって手を振った。おおい、キョウゴク、俺はここだよう。（と、手を振り返す）

キョウゴク　…それは俺じゃない。お前の想像の中の俺だ。

ダイナン　想像だろうが実物だろうが、お前はお前だ！

キョウゴク　大きな声で言っても駄目だ。違うものは違う。お前が見ているのは俺じゃない。ただの夢だ。

ダイナン　夢じゃねえ、嫁だ。キョウゴクは俺の嫁だ。

キョウゴク　いい加減にしろ。

ダイナン　冗談だよ。だけど、お前だって似たようなものじゃないのか。

キョウゴク　俺のどこが。

ダイナン　お前がミサギの何を見ている。何を知っている。俺と一緒で、お前の夢を彼女に押しつけてるだけじゃないのか。

キョウゴク　……。

ダイナン　お前についてこないのも当たり前。あの子は、ラギに惚れてる。それは一目瞭然だ。なあ、お前達。

アカマ　俺達にふらないで。

ダイナン　そのミサギを女王にする気だったとは驚いた。そんなこと、あの子はこれっぽちも望んじゃいねえよ。なあ、お前達。

トキ　だから、ふらないで。

キョウゴク　……。

ダイナン　いい機会だから、言わせてもらう。お前、嫉妬してるだろう。

キョウゴク　俺が？　誰に？

ダイナン　ラギにだよ。

キョウゴク　娘をとられたからか。さっきから聞いていれば馬鹿馬鹿しい。親が子の幸せを願うのは当然のこと。お前は、自分の欲に目が眩んで、俺のことも歪めて見ているだけだ。

ダイナン　違うよ。俺が言いたいのは、ラギとシレンのことだ。親子でありながら、愛し合った二人のことだよ。

キョウゴク　なんだと。

ダイナン　ラギは、お前がやりたくてもできなかったことをやってしまった。それがお前には悔しいんだ。どうしてもお前ができなかった禁じられた行い。親子で愛し合うこと、それをこともあろうに自分が息子として育てた男にやられたことがな。

キョウゴク　…何が言いたい。
ダイナン　ミサギのことは諦めろ。あの子はお前のことを父親としてしか見ちゃいねえ。
キョウゴク　……。
ダイナン　それよりも俺と子を作ろう。国という子を。人は裏切るが国は裏切らねえ。
キョウゴク　……。
ダイナン　愛してもらおうなんて考えちゃいねえ。俺は、お前と国作りができればそれでいい。
キョウゴク　……。
ダイナン　頼む、キョウゴク。頭を冷やして先のことを考えてくれ。
キョウゴク　……そうだな。お前の言う通りだ。
ダイナン　おお。わかってくれたか。

隅の方で存在を消して黙って聞いていたトキとアカマもホッとする。

キョウゴク　そうだ。俺は国を摑まなければならない。俺の国を。あいつらを潰す為にな。
ダイナン　あいつら？

と、聞くダイナンの腹に剣を突き刺すキョウゴク。

ダイナン　え？

キョウゴク　俺とお前の国を作ろう、ダイナン。
ダイナン　キョウゴク、お前…。

抵抗しようとするダイナンだが、キョウゴクが剣で切り刻む。

キョウゴク　お前の首はそのために使う。それで満足だろう。
ダイナン　…そうか。そういうことか。
キョウゴク　感謝するぞ、ダイナン。お前の言葉で行く道が見えた。
ダイナン　…だったら、せめて一言くらい言え。…俺のことが好きだったって。
キョウゴク　…それは、無理だ。

ダイナンにとどめの斬撃。倒れるダイナン。
呆然とみているトキとアカマ。

トキ　キョウゴク様、なぜ…。
キョウゴク　俺は北に戻る。ダイナンの首を土産に北に投降する。どうせ何もかも失ったのだ。一か八かの賭けに出る。ついでだ、お前らの首ももらおうか。

と、トキとアカマも斬り殺す。

刀を見つめるキョウゴクの目に、冷え冷えとした人あらざるものの輝きがある。

――暗　転――

【第九景】

南の王国。
町外れにある小屋。その中に作られた牢。
簡単なベッドが置いてある。そこで寝ている人間がいる。掛布にくるまっている。
と、入ってくるモンレイとマシキ。
二人とも落ちぶれた恰好をしている。

マシキ　起きな、食事だよ。
椀にかゆを入れて持ってくるマシキ。寝ている人間、微動だにしない。

モンレイ　毎度毎度手間かけさせんじゃないわよ。あんたが起きなくても、こっちは無理矢理に口に流し込んででも食べさせるからね。
布を剝いで気怠げに起き上がる女性。シレンである。めんどくさそうに椀を受け取り、食べ始める。

モンレイ　最初からそうやって素直に食べればいいのよ。あんたは、私達の最後の切り札だからね。生きてもらわなきゃいけないの。

マシキ　川に流れてたあんたを助けて傷の手当てして、こうやって寝るとこと食事まで用意してやってる私達の恩をかみしめなさい。

シレン　（かゆでさじをすくい）随分、うすい恩ね。殆どお湯じゃない。

モンレイ　何言ってるの。米が入ってるでしょう。

シレン　ああ、底の方にちょっと。

マシキ　その米を集めるのに、どれだけ苦労したと思ってるの。

モンレイ　私達の食事なんか、これよ！

と、モンレイとマシキ、同時に木の根っ子の切れっ端を見せる。

モンレイ　毎日毎日、これ囓ってるの。（と、囓る）

マシキ　おかげで歯だけは丈夫になったけどね。

モンレイ・マシキ　しかも！

モンレイ　減らないように三日に一度はしゃぶるだけ。

マシキ　おかげで、すっかり贅肉落ちたけどね。

モンレイ　あたし達よりあんたのほうが、よっぽどいいもの食べてんのよ。
マシキ　どう。私達の恩に感謝しなさい。
シレン　…そこまでしてたんだ。（椀を差し出し）食べる？
マシキ　え、そう。じゃあ遠慮無く。
モンレイ　こら、マシキ。

と、文句を言おうとするモンレイの口にさじでかゆを運ぶマシキ。

モンレイ　んま〜い。
マシキ　（自分も食べて）ああ、米の香りが。
モンレイ　（と椀を取り自分で食べてうっとり）ああ、米の香りがするお湯がこんなにおいしいなんて…（と、いきなり怒り）うちら落ちぶれたもんじゃのお！

と、椀を放り投げる。マシキ、それを必死でダイビングキャッチ。

モンレイ　それもこれも全部お前の息子のせいじゃ、われ。自分が教祖になった途端、うちら追い出して。でも、見とれや。おんしが生きてると知りゃあ、必ず会いたがる。うちら、おんし使うて必ず這い上がっちゃるけん。いつまで食うとる、われー。

と、おかゆを食べているマシキから椀を取り上げシレンに渡す。

モンレイ　その日まで、せいぜい養生しいや。

シレン　…どこの人？

モンレイ　いくで、われ。（と根っ子をくわえて立ち去る）

マシキ　はいな、かあさん。

と、後をついていくマシキ。

彼女らの気配が消えると椀を置き、犬笛を出すと吹く。

と、牢の床から、ヒトイヌオが顔を出す。

ヒトイヌオ　お待ちどおさま。

と、背に背負った包みを開ける。焼いた骨付き肉や果物など美味そうな食事が出て来る。

水壺もある。

シレン　いつもありがとう。

と、肉にかぶりつくシレン。

ヒトイヌオ　いえいえ、シレンさんのお役に立てるなら。
シレン　この牢で気づいた時は、どうしようかと思ったけど、あなたと連絡がついてほんとに助かった。

犬笛を見るシレン。

ヒトイヌオ　訓練してますから。…しかし、強い人ですね。
シレン　私が？　なんで。
ヒトイヌオ　だって、あの女達の前じゃ生きる気ないふりしてる裏で、そうやって飯食って体力つけて。いつでもこっそり逃げ出せる準備してるわけでしょ。
シレン　……。（驚いたようにヒトイヌオを見る）
ヒトイヌオ　？
シレン　そうか、そう見えるか。そんなこと全然意識してなかった。
ヒトイヌオ　え？
シレン　無意識よ。敵を欺き油断させどんな時でも生きる策を弄《ろう》する。生まれた時からそうやってきたから、そのやり方が身体に染みついてる。ただ、それだけ。（と、突然、悲しみが彼女を襲う）全然強くない。私は自分で死ぬこともできない。
ヒトイヌオ　シレンさん…。

と、外でモンレイとマシキが何者かと言い争っている声がする。

シレン　(ハッとする)

ヒトイヌオ　やべ。(と、シレンが食べていた食事などをまとめて持つとあわてて床下に隠れる)

と、モンレイとマシキが入ってくる。

モンレイ　あー、もーやめて。

マシキ　ちょっと、乱暴しないで。

その後ろからシンデンが入ってくる。

シレン　…シンデン。

シンデン　…やっぱり生きていたか、ナナイ。いや、本当の名はシレンだったな。

シレン　…よくここがわかったわね。

シンデン　モンレイを監視させておいた。教団から放逐した後、妙な動きをされても困るからな。

と、刀を抜くシンデン。

モンレイ　ちょっと何するの。その女は私達のものよ。勝手に殺させない。
マシキ　やめて。

と、シンデンを止めようとする。二人の腹を刀の柄で叩き悶絶させるシンデン。

シレン　…私を殺すの。
シンデン　お前は裏切った。ゴダイ様を、教団を、俺を。お前のおかげで、俺の全部が壊れた。
シレン　…ラギはどうしてる。
シンデン　あいつは狂ってる。ゴダイ様の後を継ぎ「愛は殺し合い」だなどと教義をでっちあげ、愛する者を殺せと教団員たちを焚きつけている。
シレン　…そう。
シンデン　ゴダイ様がいて、お前がその横にいて、跡取りがラギで、俺がその教団を支える。そんなことができたら、どんなに幸せだったろうな。でも俺が信じた教団はもうない。俺が信じたものは、なんにもない。全部お前のせいだ。
シレン　いいわ、殺して。
シンデン　え…。

と、シレン、牢の錠を自分で開ける。

苦しみながらもそれを見て驚くモンレイ。

シンデン　開けられたのか。

シレン　開ける勇気がなかっただけ。出ると道を決めなきゃいけなかったから。

と、隠し持っていた得物を構えるシレン。

シレン　あなたの言う通りよ。全部私が悪い。何度も死のうと思った。でも死ぬことも出来ない。今まで何人もの人間の命を奪ってきたというのに、私は私の命を絶つことが出来ない。狼蘭の血は自決なんて楽な道を許してくれないの。戦って戦って、敵を一人でも多く倒して死んでゆくしかない。それが人殺しの一族の本能なの。

シンデン　……。

シレン　ずっと待っていたわ。私を殺してくれる人を。さあ、戦いましょう。

刀を収めるシンデン。

シンデン　やめた。そう簡単に楽にはさせない。

シレン　シンデン。

シンデン　ラギに会え。あいつもずっとお前を待っている。

シレン　え。
シンデン　お前と同じだ。あいつもずっと牢に閉じこもってる。その牢を開けられるのはお前だけだ。
シレン　…会うということは、殺すということよ。
シンデン　知ったことか。お前たち二人の命の行方は二人で決めろ。行って、殺し合うなり愛し合うなり、好きにするがいい。
シレン　…ラギは、いまどこ。
シンデン　来い。お前たち二人の運命を最初に狂わせたのは俺だ。最後まで見届ける。

と、行こうとするが。

モンレイ　待ちなさいよ！

と、ようやく痛みがとれ立ち上がるモンレイ。

モンレイ　随分なめた真似してくれるじゃない。今まで出られたのに、捕まったふりしてたわけ。そこまで馬鹿にしてたわけ。

気にせず行こうとするシレンに。

モンレイ　殺しなさいよ、私も。
シレン　……。
モンレイ　あなたに逃げられたら、もう私達に打つ手はないわ。このままのたれ死にするくらいなら、いっそ殺してよ。ゴダイのように。
マシキ　…おかあさま。（と彼女も痛みが取れてくる）
シレン　……（犬笛を吹く）。
ヒトイヌオ　呼びました？（と床下から姿を現す）
マシキ　うわ。
モンレイ　なに、こいつ。
シレン　食事を。
ヒトイヌオ　いいんですか。
シレン　ええ。

ヒトイヌオ、シレンに持ってきた食事と水壺を出す。

モンレイ　なにこれ。
マシキ　…おかあさま、肉よ。肉。
モンレイ　まさかあんた、私達に隠れてこんなもの食べてたの。こっちが木の根齧ってても米のかゆ食わせてやってたって言うのに。ほんとに腹立つ女ね。

マシキ　腹が立つけど、腹も減るわ。あー、たまんない匂い。

シレン　あなたが助けてくれたことは感謝してる。よかったら、食べて。

モンレイ　施しはうけない。殺せって言ってんのよ。

シレン　そう。（懐に入れていた毒薬袋から丸薬を二つ取り出す）どうしても死にたいっていうのなら、これを噛み砕いて。一人一粒よ。

シンデン　シレン、いいのか。

シレン　ヒトイヌオ、今までありがと。（と、犬笛を彼に投げる）

ヒトイヌオ　お別れですか。

シレン　ええ。（モンレイとマシキにも）じゃ。

シレン、シンデンと立ち去る。
ヒトイヌオも床下に消える。
残されるモンレイとマシキ。

マシキ　…おかあさま。

モンレイ　…こんな世の中、生きてたって仕方ないでしょ。（と、丸薬をとる）。

マシキ　そうね。

モンレイ　じゃ。

マシキ　はい。

モンレイとマシキ、丸薬を口に入れ噛み砕く。
二人、のどをかきむしるように苦しむ。苦悶の表情。

モンレイ　か、か、辛！
マシキ　やける、口がやける。
モンレイ　水、水！

と、二人、水壺の水を奪い合うように飲む。

モンレイ　なに、これ。唐辛子の固まりじゃない！
マシキ　あー、辛かった！
モンレイ　ほんと、ふざけた女ね。あったまくる！
マシキ　でも、なんか身体ががあったまってポカポカしてきた。
モンレイ　…マシキ、食べるわよ。
マシキ　え。
モンレイ　ほんと、ふざけた女ね。あんな女に対抗心燃やして捨て鉢になるのがバカらしくなった。生きてやろうじゃない。これ食べたら、どこか他の国に行っていい男見つけるわよ。

マシキ　そう、それでこそかあさま。人生は潮干狩りよ。

モンレイ　そうね。今は海に隠れていても、いずれ砂浜は顔を出す。その時は、シジミもアサリもハマグリも取り放題。

マシキ　そう、がんばりましょう。

モンレイ　ええ。（と、肉にかぶりつく）うま。なにこれ、おいしい。

マシキ　ほんと、うま、うますぎ。

と、二人、ガツガツと食事する。

――暗　転――

【第十景】

北の王国。
ギセンとトウコが食事の席に現れる。と、隅に潜んでいた刺客が剣を抜き、突然ギセンに襲いかかる。平然とした顔でその刺客を殴り飛ばすギセン。衛兵が刺客を取り押さえる。

トウコ　ギセン王に刺客など無駄なこと。

ギセン、食卓につくとおかれているいくつかの料理をポイと放り投げる。

トウコ　王よ。食べ物を粗末にしてはいけませぬよ。
ギセン　だって、それ美味しくない。
トウコ　（ハッとして）その料理をその狼藉者に食させよ。

いやがる刺客に料理を食わせる衛兵。

と、刺客、苦しみ死ぬ。

トウコ　やはり、毒入りか。

と、飛んでいる虫を捕まえて食べるギセン。

トウコ　虫は食べるんだ。
ギセン　標本にもする。

と、新しい昆虫標本の箱を抱えるギセン。
それを隅から見ているモロナオとモロヤス、ヨリコ。

ヨリコ　ダメよ。ギセンには暗殺も毒殺も効かない。
モロヤス　全部野生の勘で気がつきやがる。
モロナオ　無敵のバカか。始末におえんな。とにかく今は、奴のご機嫌をとるしかないか。

と、三人、ギセンの前に出る。

モロナオ　ギセン王にお伝えします。我らを裏切り南に走ったキョウゴクを捕らえました。

ギセン　キョウゴク。
モロナオ　は。南の将軍ダイナンの首を携えて、再びギセン王のもとに下りたいと申しております。
モロヤス　裏切っておきながら厚かましい奴。死刑にしたほうがよろしいと思いますが。
トウコ　会いましょう、ギセン王。
モロナオ　しかし。
トウコ　今、北の王国は人材不足。せっかくキョウゴクがこちらにつくというならそれを逃す手はない。私も学びました。あなたがたは対抗勢力が増えることを嫌い、死刑にしようとしているのでしょうが、そうはさせません。よろしいですね、国王。
ギセン　キョウゴクなら会いたい。
モロナオ　わかりました。キョウゴクをこちらに。

ヤマナと衛兵、縛られたキョウゴクを連れてくる。

モロナオ　みっともない姿だなあ、キョウゴク。
キョウゴク　ダイナンの首を上げてきたのに、この扱いか。
モロナオ　北を裏切った男だ。当然だろう。
キョウゴク　ロクダイが率いる南の教団に、お前達で勝てるのか。
モロナオ　ああ、お前に心配されなくても大丈夫だ。この国にとって必要なのは、今、王の目の前でお前の首を落とすことだ。

キョウゴク　落とせるか。お前達に！　俺の首が！

その眼力に、ちょっと気圧されるモロナオ、モロヤス、ヨリコ。

キョウゴク　ギセン王よ。強くなりたいか。
ギセン　お。
キョウゴク　もっともっと強くなりたいか。
ギセン　おお。
キョウゴク　ならば、私が強くなる方法をお教えしよう。
ギセン　ん？
トウコ　およしなさい。いやな予感がする。
キョウゴク　トウコ様。モロナオ達は、南の教団が攻めてきたら、あなた方を売って南につくでしょう。こやつらはそういう輩だ。
ヨリコ　ええい。往生際の悪い。早くやって、お前達。
キョウゴク　くるか。俺も侍所の長《おさ》。たとえ縛られていようと、おぬしらを殺す手立てぐらい心得ているぞ。
ヤマナ　ぬぬ。

ひるむヤマナと衛兵達。

モロヤス　何を怖じ気づいている。そんなの口だけだ。
キョウゴク　口だけはおぬしだろう、モロヤス。
モロヤス　野郎。なめるな！

と、剣を抜いて襲いかかるモロヤス。
彼の目につばを吐くと、盲滅法ふるう剣の間合いを計って自分を縛っていた縄を切らせるキョウゴク。

ヤマナ　おのれ！

襲いかかるヤマナ。キョウゴク、モロヤスに抱きつくと体を入れ替える。ヤマナの剣はモロヤスに刺さる。

モロヤス　ヤマナ、貴様…。
ヤマナ　お、お許しを。

キョウゴク、モロヤスの剣を奪うとモロヤスを斬る。続いてヤマナを斬る。

モロナオ　モロヤス！
ギセン　おおお。（と、キョウゴクの剣捌きを見て興奮している）

襲いかかる衛兵達も斬るキョウゴク。

ギセン　すごい、すごい、かっこいい！
キョウゴク　ギセン王、一太刀交えますか。
ギセン　やる。
トウコ　およし、ギセン。
キョウゴク　来られよ、ギセン王。
ギセン　行く。行くぞー！

打ちかかるギセン。だがキョウゴクに捌かれる。

モロナオ　あのギセンよりも強いのか。
ヨリコ　あなた、逃げましょう。
キョウゴク　まだまだ。
ギセン　うおおお！

キョウゴク、ギセンの剣をはたき落とす。ギセンの喉元に剣を突きつける。

ギセン　ひい。
キョウゴク　強くなりたいか。ギセン王。誰よりも強く。
ギセン　なりたい。
キョウゴク　ならば殺しなさい。嫌いな者を迷うことなく。
ギセン　いいの？
キョウゴク　思い切り。

ギセン、モロナオを見る。

モロナオ　よ、よせ。
キョウゴク　大嫌いな男には、大嫌いな言葉を投げかけろ！
ギセン　おうさま！　おうさま!!
モロナオ　や、やめろ!!　許してくれ!!（と、ヨリコを盾にする）

ギセンの剣がヨリコに突き刺さる。

ヨリコ　あなた、…ひどい。（と、絶命）

キョウゴク　今度は逃がすな！
モロナオ　待て、待ってくれ…。
ギセン　めがね！　めがねー‼

ギセン、モロナオを斬る。

キョウゴク　素晴らしい、ギセン王。今、強くなった‼
ギセン　うおおー！（と、手をあげる）
キョウゴク　でも、まだ強くなれる！
ギセン　え。
キョウゴク　大好きな者も、愛する者も斬り殺せ！
ギセン　いいの？
キョウゴク　愛する者こそ殺したい。ずっとそう思っていたはずだ。
ギセン　うん。（と、トウコを見る）
トウコ　やめて、ギセン。私はお前の母親だよ。

トウコに向かうギセン。

キョウゴク　殺せ、ギセン王！　大好きな人には、大好きな言葉を投げかけて！

ギセン　むし！　むしー‼

ギセン、トウコを斬る。

トウコ　…虫なんだ…。かあちゃんじゃ、ないんだ。（と、息絶える）
ギセン　（ハッとして）かあちゃん？　かあちゃーん！

とトウコを抱きしめる。

キョウゴク　悲しいでしょう。辛いでしょう。泣けるでしょう。それが強くなった証拠。
ギセン　強くなった？　俺、強くなった？

キョウゴクに襲いかかるギセン。だが、まだかなわない。剣を捌き、剣をギセンの喉元に向けるキョウゴク。

キョウゴク　だが俺の方がまだ強い。強い者には従うこと。
ギセン　わ、わかった。（トウコを見て）かあちゃんー。
キョウゴク　あきらめなされい。
ギセン　かあちゃん、標本にする。

と昆虫標本の箱を見せる。

キョウゴク　標本か。ああ、それがいい。トウコ様は蠟で固めて、人形にしましょう。そうすれば永遠にその姿は守られる。

ギセン　虫みたいに？

キョウゴク　虫みたいに。ああ、そうだ。それがいい。ギセン様。次は新しい殺し方をお教えしましょう。

ギセン　ん。

キョウゴク　毒を使います。そうすればもっと一気に殺せる。

ギセン　虫みたいに？

キョウゴク　ええ、虫みたいに。

うなずくキョウゴク。

——暗　転——

【第十一景】

南の王国。
教団員に追い詰められるショウニン。

ショウニン　なぜだ、お前達。私は教義大臣だぞ。お前達に崇められこそすれ、なぜ屋敷に押しかけられなければならぬ。

教団員の中心にいるラギ。ミサギも横にいる。

ラギ　だったらコロシアイしろ。ショウニン。
ショウニン　ロクダイ様…。
ラギ　教義大臣であるお前が、教義を実践してみろ。
ショウニン　それは…。
ラギ　さあ。

と、そこに現れるシレン。

シレン　もういいでしょう、ラギ。
ラギ　シレン。

シンデンも続いて現れる。

シレン　（ショウニンに）行きなさい。
ショウニン　ひいいいいい。

ショウニン、あわてて逃げ出す。

ラギ　…やっと来てくれたな。
ミサギ　……。
ラギ　やっぱり生きていた。よかった。また会える。そう信じていたよ。この道をつくれば、きっとシレンは来る。あなたの大好きな血の道だ。
シレン　それで、こんな真似を。
ラギ　そう。だって、アイはコロシアイだもの。そうだな、みんな。

教団員達、歓声を上げる。

ラギ　とっくにあなたが悟っていたことなのに、俺は気づくのに随分時間がかかってしまった。

シレン　そんなこと、悟っちゃいない。

ラギ　そうかな。だったらなんで、あなたは僕の前から消えた。なぜ今まで会いに来てくれなかった。僕はずっと待ってたのに。

シレン　それは…。

ラギ　会うと僕を殺すから。そうだろう。

シレン　……。

ラギ　ほうら、やっぱりアイはコロシアイだ。

シレン　ラギ！

ラギ　今呼んだのは、母として？　それとも女として？

シレン　……わからない。私にもわからない。

ラギ　だったら殺し合おう。それが僕たちに出来る唯一の愛の営みだ。

シレン　…私は、ずっとそうやって生きてきた。たった一人だけ、私を変えてくれるって言ってくれた人がいたんだけどね。

ラギ　へえ、そうなんだ。

見つめ合うシレンとラギ。

ミサギ　だめ。

と、二人の間に立つミサギ。

ミサギ　ロクダイ様を殺させはしない。ロクダイ様に殺させもしない。
ラギ　ミサギ、どきなさい。
ミサギ　いやです。この女を殺すくらいなら、私を先に殺して下さい。あなたの剣で私の身体を貫いて下さい。
ラギ　どけ。
ミサギ　いや！
ラギ　そのままだとお前はキョウゴクと同じだぞ。
ミサギ　え…。
ラギ　頼むからどいてくれ、ミサギ。
ミサギ　…ロクダイ様。

その哀しい目に気づき、下がるミサギ。

ラギ　さあ、愛し合おう。殺し合いしあおう。

と、後ろの教団員達が、口々に「愛せ」「殺せ」とうめき合う。

シンデン　（教団員に）黙っていろ！　黙って見てろ！

その剣幕に口をつぐむ教団員達。

シンデン　せめて、黙って見ていよう。この二人のありさまを。

と、ラギ、刀を抜く。シレンも剣をかまえる。

ラギ　今日は毒は使わないんだ。
シレン　ええ。
ラギ　そうだよね。こうやって目と目を見つめ合いながらの方が、ずっとずっと深く愛し合える。
シレン　…殺しは愛じゃない。自分の心を削って、他人の命を奪う。ただそれだけの行為よ。
ラギ　…じゃ、試してみようよ。

ラギが打ちかかる。シレンの剣がそれを受ける。が、シレンは押される。

ラギ　だめだめだ、そんなんじゃ。もっともっと感じて。俺の剣を。俺の愛を。

ラギの猛攻。シレン、転がる。
その上に覆い被さるラギ。

ラギ　いくよ、シレン！

と剣を振り上げた瞬間、爆発が起こる。
上空から雪のようなものが降ってくる。
連続して、煙り玉が次々に打ち込まれる。

シンデン　なんだ⁉

と、煙を吸うと苦しみ出す教団員。

シンデン　毒煙か⁉
ラギ　息を止めて逃げろ。

だが、バタバタと倒れ出す教団員。

シレン　…これは、ギャクサツリュウ煙。吸い込めば意識不明になりやがて死に至る猛毒よ。
ラギ　そんな…。

と、ミサギもシンデンも倒れる。

シンデン　これは…。
ミサギ　…ロクダイ様。
ラギ　喋るな、ミサギ。
ミサギ　…なぜ…。
ラギ　ミサギ、なぜだ、なぜお前が死ぬ。死ぬのは俺の筈だ。（倒れている教団員達に）起きろ、お前達。お前達の死は、こんなものじゃない。

と、教団員に叫ぶラギ。だがみんな起き上がれない。

ラギ　なぜだ。なぜ俺だけは生きている。
シレン　……。

シレンとラギだけは無事。
と、そこに防毒マスクをつけた北の兵がなだれ込んでくる。

ラギ　北の兵か！　貴様らの仕業か‼

と、ラギ、狂ったように北の兵を斬る。
そこに入ってくるキョウゴクとギセン。
ラギとシレンが生きているのに驚く。

キョウゴク　ほう、毒が効かなかったか。
ラギ　なぜ、貴様は平気なんだ。
シレン　毒消しを使ってるのよ。

倒れている教団員を刀で刺しているギセン。
教団員、ピクピク震えるが絶命。

ギセン　おー、死んだ死んだ。
シレン　ギセン王…。
ラギ　キョウゴク、貴様！　教団が憎いなら俺を倒せばいいはずだ。なぜ戦わない者まで殺した。ここにはミサギもいたんだぞ。

キョウゴク　わかっているさ。だが、俺を裏切ったミサギなど、俺には必要ない。毒煙はこの国中に流した。南の民は全滅だ。

ラギ　貴様、なんてことを。

キョウゴク　お前に言われる筋合いはない。お前が、こやつらを殺したのだぞ。「アイはコロシアイ」などとたわけたお題目を唱え、北の国境を越えさせたのはお前だ。

ラギ　その通りだ。だが、違う。俺が求めていた死は、こんなものじゃない。こんな一方的なものじゃない。俺には何も出来ない。だからせめて幸福な死に方を与えたかった。

キョウゴク　寝ぼけたことを言うな。死は死に過ぎん。（ミサギを抱え）見ろ、この美しい死に顔を。刀で斬り合ったのではこうはいかん。彼女は蠟で固めて俺のそばに置く。これで彼女の美しさは永遠に俺だけのものだ。

ギセン　虫みたいに。

キョウゴク　虫みたいに。

シレン　ひどい男ね。

キョウゴク　貴様達にわかりはしない。

シレン　わかりたくもない。

キョウゴク　やはり目障りだな。お前達、醜い親子は。

と、襲いかかるキョウゴク。それを受けるラギ。以下、戦いながらの会話。

ラギ　ああ、そうだ。俺達は醜い。でもな、キョウゴク。醜いのはお前も同じだ。いや、自分の醜さに気づいていない分、もっと醜い。
キョウゴク　ほざくな、若僧。

苦しんでいる人達を見るシレン。

シレン　あ…。

何ごとかに気づいたシレン、キョウゴクに打ちかかる。

シレン　やめて、キョウゴク！
キョウゴク　ふん。やっぱり我が子が可愛いか。
シレン　ラギは死なせない。私達にはやらなければならないことがある。
キョウゴク　ふん、お前達がしなければならないのは、死ぬことだけだ。

と、シレンに手傷を負わせるキョウゴク。

シレン　く。

キョウゴク　ふん、そんな貴様でも，血は赤いか。
ラギ　シレン！

彼女を守るようにキョウゴクに打ちかかるラギ。その剣をはじくキョウゴク。

キョウゴク　無駄なことだ。お前が俺に勝てるわけがない。
ラギ　勝てる。
キョウゴク　たわごとを。

ラギとキョウゴクの戦い。
二人の気迫に、シレンとギセンは、その戦いを見ているだけになる。
死闘の果てに、ラギの剣がキョウゴクの腹を貫く。

キョウゴク　ぬ？
ラギ　うおおおおお！

と、一気呵成に攻めるラギ。とどめの斬撃がキョウゴクに決まる。

キョウゴク　な、なぜ。

ラギ　俺は一度、父親を殺している。お前など、ゴダイの足下にも及ばない。

キョウゴク、倒れる。

が、その瞬間、頭上で爆発。また毒の雪が降ってくる。

シレン　また、毒が降ってくる。

息も絶え絶えではあるが、低く笑いながらゆっくり起き上がるキョウゴク。

キョウゴク　南の国も終わりだぞ。ラギ。
ラギ　なに。
キョウゴク　俺が戻らなければ毒の大弓をこの国に放てと命じてきた。この国は猛毒で犯される。

彼方に北の王国の大弓隊が浮かび上がる。大弓隊、次々に上空に巨大な毒矢を放つ。

毒の雪が降る量が増えていく。

ラギ　罪無き人まで殺すつもりか。
キョウゴク　ふん。きれいごとを。俺とミサギがいない世界など知ったことか。
ラギ　貴様‼

もう一度キョウゴクを斬るラギ。
キョウゴク、倒れる、絶命する
おびえるギセン。

ギセン　キョウゴク、キョウゴク。

と、起こそうとする。

ラギ　無駄だ。奴は死んだ。
ギセン　死んだ？
ラギ　ああ。
ギセン　…じゃ、これで王様やめられる？
ラギ　え。
ギセン　モロナオも、モロヤスも、母ちゃんも死んだ。もう、俺、王様やらなくていい。な。
シレン　…そうね。王様なんかやめたほうがいい。刀を捨てて、好きなだけ虫を捕って暮らすと
いいわ。
ギセン　おう、そうする。

刀を投げ出すギセン。そのまま駆け去る。
死屍累々の中に立ち尽くすシレンとラギ。

ラギ　…みんな、みんな死んでしまった。あとは俺だけだ。
シレン　ラギ。
ラギ　さあ、俺を殺して。殺し合いが駄目ならせめて俺の命をとって。
シレン　(だまって首を横に振る)
ラギ　わかった。じゃあ自分でやる。（と、刀を振り上げる）
シレン　…あなたの血は、そんな風に流すんじゃない。
ラギ　え…。

シレンはラギの腕を斬ると、ミサギの上に血を垂らす。ピクリと動き、息を吹き返すミサギ。

ラギ　動いた。これは…。

シレン、自分の腕を斬ると、シンデンの上に血を垂らす。シンデンも息を吹き返す。

ミサギ　…私は。

シンデン　…何が起こった。

シレン　そう。私の血に毒消しの力があるように、あなたの血にも同じ力がある。私の血を受け継ぎ、私と交わった男であるあなたにも。

ラギ　…だから毒が効かなかったのか。

ミサギ　ロクダイ様…。

ラギ　…違う。俺はラギだ。

シレン　どうやら、私達にやらなければならないことが出来たみたい。え。

ラギ　さあ。罪に汚された血でも、それで人が救えるなら、この毒にまみれた世界に一滴の救いを与えられるなら、私達はいかなきゃならないわ。

シレン　倒れた人達に俺達の血を。

ラギ　行きましょう、ラギ。

シレン　…その言葉は母として？　それとも女として？

ラギ　(微笑み）いいえ、人として。

シレン

ラギは大きくうなずくと、シレンとともに歩き出す。
起き上がったミサギとシンデンが、二人を見送る。
死屍累々とした荒野に向かい歩き出すシレンとラギ。
と、倒れていた人々がかすかに動き出す。

静かに降り続く白い毒雪の中、彼らの赤い血が道を作っていく。

〈シレンとラギ〉　―終―

あとがき

劇団☆新感線の脚本を書く場合、だいたいまず主役が決まっている。

ここのところ新感線は毎回九万人程度、動員している。

その動員数を支える人気と、自分たちが「この人とやりたい」と思える魅力をあわせ持った役者さんとなると、かなり限られている。

もちろんそういう人は映像や舞台でも引っ張りだこの人気である。稽古も含めると三〜四ヶ月のスケジュールを押さえようと思うと、二年から三年先に話をしておかねばならない。

劇場も同様だ。新感線が使いやすい劇場は予定が先まで決まっている。二年先くらいでないと望むスケジュールは押さえられなかったりする。

結果的に台本に着手する時は、主役と劇場が決まっているということが普通である。

映画の世界だと、脚本を読んでから出演を決めるという話も多いので、「何をやるか」を決める前に出演を決めてもらえるのは、今まで新感線が作ってきたものへの信用だろうと思う。その点はありがたいことではある。

さて、『シレンとラギ』の話になる。

ここからは結構ネタバレになるので、まだ本文を読んでなくてどんな話か知るのが嫌いな方は、本文を読んでから目を通していただきたい。もちろん、芝居を見たあとに読まれる方は問題ない。

今回も、まずメインキャストが決まっていた。

藤原竜也君と永作博美さん、このダブル主演で何をやるか。

いのうえひでのりは「母と子が恋愛するという話がやりたい」と言った。「この二人ならやぱり恋愛関係になるだろうけど、普通よりももっとドロドロした関係を描きたいんだ」

「なるほど、今回はギリシャ悲劇というわけか」

この手の話となると誰でも『オイディプス王』を思い出すだろう。

ここのところ、いのうえ歌舞伎の新作は古典的な物語を下敷きにして、その上にどう今の物語をおけるかということを考えて書いている。

『髑髏の森に棲む鬼』は、シェークスピアの『リチャード三世』と『マクベス』、『蛮幽鬼』はデュマの『モンテ・クリスト伯』。

こういう、古典であるが故に強く骨太な物語の魅力というものが若い世代に伝えられる機会が減っている気がする。

実際、古典なので人物の造形、倫理観、心理など、今とはあわない所は大いにある。でも、根本にある〝物語の強さ〟が埋もれてしまうのはもったいない。

そんな気分なので、できるだけ意図的に、古典の換骨奪胎をやっている。と、偉そうに言っているが、結局自分がそういう物語が好きなのだろう。

『シレンとラギ』に話を戻すと、確かに『オイディプス王』モチーフは面白い。今までやったことがないし、悩める青年をやらせれば当代一の藤原君にも、母性とかわいさと芯の強さをあわせもつ永作さんにも、よくはまるだろう。

ただ、自分としては、「自分の母親とやっちゃいました、自分の父親を殺しました」と悩むだけのお話ではつまらない。そんな悩み、極めて個人的なことじゃないか。物語の書き手としては、その上に、どんな展開が、どんなテーマが積めるかだとも思っていた。

今、自分が書きたいことを考えていると、結果的にこんな話になってしまった。

全体の構想を思いついたのは、去年の3月11日の前だった。

構想時にはまだ寓話だったものが、思いのほか生々しい話になってしまった。

それに気づいた時、一時期は、「こんな話を、いのうえ歌舞伎で今書いていいのか」と迷った時期もあった。

だが、このラストの一言のためには、この積み重ねは必要だ。今だからこそ、この話を書くんだという思いになっている。

しょせんは物語書きだ。

特に新感線は高い入場料をいただいている。それに応えるエンターテイメントでなければならない。

その上で、「ああ、面白かった」という気持ちの他に、何か心に刺さるものが残せれば。

そういう物語になっていれば、作者としては嬉しいのだが。

二〇一二年三月

中島かずき

◇上演記録
劇団☆新感線2012年春興行
いのうえ歌舞伎『シレンとラギ』

《公演日時》
【大阪公演】
2012年4月24日（火）〜5月14日（月）　梅田芸術劇場メインホール
主催：関西テレビ放送　サンライズプロモーション大阪
後援：FM802
【東京公演】
2012年5月24日（木）〜7月2日（月）　青山劇場
主催：ヴィレッヂ

《登場人物》
ラギ……………藤原竜也
シレン…………永作博美
ゴダイ大師……高橋克実
ギセン将軍……三宅弘城
シンデン………北村有起哉
ミサギ…………石橋杏奈

ダイナン…………橋本じゅん
モンレイ…………高田聖子
モロナオ執権……粟根まこと

キョウゴク………古田新太

ショウニン………右近健一
ヒトイヌオ………河野まさと
ギチョク…………逆木圭一郎
トウコ……………村木よし子
アカマ……………インディ高橋
ヨリコ……………山本カナコ
コシカケ…………礒野慎吾
モロヤス…………吉田メタル
マシキ……………中谷さとみ
セモタレ…………保坂エマ
ヤマナ……………村木　仁
トキ………………川原正嗣

北の王国の貴族・宮女／南の王国の民・教団員…………
上田亜希子　須水裕子　中野真那
西田奈津美　松尾杏音　吉野有美

北の王国の貴族・兵士／南の王国の民・兵士・教団員……

蝦名孝一　小林賢治　桜田航成　二宮　敦

武田浩二　藤家　剛　加藤　学　川島弘之

安田桃太郎　伊藤教人　菊地雄人　南誉士広

《STAFF》

作：中島かずき
演出：いのうえひでのり

美術：堀尾幸男（HORIO）
照明：原田 保（FAT OFFICE）
衣裳：小峰リリー
振付：川崎悦子（BEATNIK STUDIO）
音楽：岡崎 司
音響：井上哲司（FORCE）
音効：末谷あずさ（日本音効機器産業）大木裕介（Sound Busters）
殺陣指導：田尻茂一・川原正嗣（アクションクラブ）
アクション監督：川原正嗣（アクションクラブ）
ヘア&メイク：宮内宏明（M's factory）
小道具：高橋岳蔵
特殊効果：南 義明（ギミック）
映像：上田大樹（&FICTION!）
大道具：俳優座劇場舞台美術部
音楽部：右近健一
演出助手：山﨑総司
舞台監督：芳谷 研

宣伝美術：河野真一
宣伝写真：野波 浩
宣伝衣裳：小峰リリー
宣伝ヘア：宮内宏明
宣伝メイク：内田百合香

宣伝小道具：高橋岳蔵

宣伝・公式サイト制作運営：ディップス・プラネット
票券&広報：脇本好美（ヴィレッヂ）
制作協力：サンライズプロモーション東京（東京公演）
制作助手：山岡まゆみ
制作補：辻 未央（ヴィレッヂ）
制作デスク：小池映子（ヴィレッヂ）

制作：柴原智子（ヴィレッヂ）
エグゼクティブプロデューサー：細川展裕（ヴィレッヂ）

企画製作：劇団☆新感線　ヴィレッヂ

中島かずき（なかしま・かずき）
1959年、福岡県生まれ。舞台の脚本を中心に活動。85年4月『炎のハイパーステップ』より座付作家として「劇団☆新感線」に参加。以来、『スサノオ』『髑髏城の七人』『阿修羅城の瞳』など、“いのうえ歌舞伎”と呼ばれる物語性を重視した脚本を多く生み出す。『アテルイ』で2002年朝日舞台芸術賞・秋元松代賞と第47回岸田國士戯曲賞を受賞。

この作品を上演する場合は、中島かずきの許諾が必要です。必ず、上演を決定する前に下記まで書面で「上演許可願い」を郵送してください。無断の変更などが行われた場合は上演をお断りすることがあります。
〒160-0023　東京都新宿区新宿3-8-8　新宿OTビル7F
㈱ヴィレッヂ内　劇団☆新感線　中島かずき

K. Nakashima Selection Vol. 18
シレンとラギ

2012年 4月20日　初版第1刷印刷
2012年 4月25日　初版第1刷発行

著　者　中島かずき
編　集　高橋宏幸
発行者　森下紀夫
発行所　論　創　社
東京都千代田区神田神保町 2-23　北井ビル
電話 03（3264）5254　振替口座 00160-1-155266
印刷・製本　中央精版印刷
ISBN978-4-8460-1136-9　

K. Nakashima Selection

Vol. 16— ジャンヌ・ダルク

フランスを救うために戦う少女，ジャンヌ・ダルク．神の声に従い，突き進む彼女のわずか19年の壮絶な生涯には，何があったのか．その謎とともに描かれる，人間ジャンヌの姿を正面から描く！ **本体1800円**

Vol. 17— 髑髏城の七人 ver.2011

あの『髑髏城の七人』が、新たに変わって帰ってきた！豊臣秀吉に反旗を掲げた髑髏党〈天魔王〉．その行く手をふさぐべく二人の男が闘いを挑む.三人が相まみえたとき，運命は再び動き出す. **本体1800円**

K. Nakashima Selection

Vol. 11—SHIROH

劇団☆新感線初のロック・ミュージカル，その原作戯曲．題材は天草四郎率いるキリシタン一揆，島原の乱．二人のSHIROHと三万七千人の宗徒達が藩の弾圧に立ち向かい，全滅するまでの一大悲劇を描く．　**本体1800円**

Vol. 12—荒神

蓬莱の海辺に流れ着いた壺には，人智を超えた魔力を持つ魔神のジンが閉じ込められていた．壺を拾った兄妹は，壺の封印を解く代わりに，ジンに望みを叶えてもらおうとするが——．　**本体1600円**

Vol. 13—朧の森に棲む鬼

森の魔物《オボロ》の声が，その男の運命を変えた．ライは三人のオボロたちに導かれ，赤い舌が生み出す言葉とオボロにもらった剣によって，「俺が，俺に殺される時」まで王への道を突き進む!!　**本体1800円**

Vol. 14—五右衛門ロック

濱の真砂は尽きるとも，世に盗人の種は尽きまじ．石川五右衛門が日本を越えて海の向こうで暴れまくる．神秘の宝〈月生石〉をめぐる，謎あり恋ありのスペクタクル冒険活劇がいま幕をあける!!　**本体1800円**

Vol. 15—蛮幽鬼

復讐の鬼となった男がもくろんだ結末とは……．謀略に陥り，何もかも失って監獄島へと幽閉された男．そこである男と出会ったとき，新たな運命は動き出した．壮大な陰謀の中で繰り広げられる復讐劇！　**本体1800円**

K. Nakashima Selection

Vol. 6— アテルイ

平安初期，時の朝廷から怖れられていた蝦夷の族長・阿弖流為が，征夷大将軍・坂上田村麻呂との戦いに敗れ，北の民の護り神となるまでを，二人の奇妙な友情を軸に描く．第47回「岸田國士戯曲賞」受賞作．　**本体1800円**

Vol. 7— 七芒星

『白雪姫』の後日談の中華剣劇版!?　舞台は古の大陸．再び甦った“三界魔鏡”を鎮めるために，七人の最弱の勇者・七芒星と鏡姫・金令女が，魔鏡をあやつる鏡皇神羅に戦いを挑む．　**本体1800円**

Vol. 8— 花の紅天狗

大衆演劇界に伝わる幻の舞台『紅天狗』の上演権をめぐって命を懸ける人々の物語．不滅の長篇『ガラスの仮面』を彷彿とさせながら，奇人変人が入り乱れ，最後のステージの幕が開く．　**本体1800円**

Vol. 9— 阿修羅城の瞳〈2003年版〉

三年前の上演で人気を博した傑作時代活劇の改訂決定版．滅びか救いか，人と鬼との千年悲劇，再来！　美しき鬼の王・阿修羅と腕利きの鬼殺し・出門——悲しき因果に操られしまつろわぬ者どもの物語．　**本体1800円**

Vol. 10— 髑髏城の七人 アカドクロ／アオドクロ

本能寺の変から八年，天下統一をもくろむ髑髏党と，それを阻もうとする名もなき七人の戦いを描く伝奇活劇．「アカドクロ」（古田新太版）と「アオドクロ」（市川染五郎版）の二本を同時収録！　**本体2000円**